L'Immeuble
de la rue Cavendish
2

CHARLOTTE
SE CHERCHE

Caroline Kant

L'Immeuble
de la rue Cavendish
2

CHARLOTTE SE CHERCHE

LES ESCALES
Séries

Les personnages et les situations de ce récit sont purement fictifs. Toute ressemblance avec des personnes ou des situations existantes ou ayant existé serait entièrement fortuite et indépendante de la volonté de l'auteur.

92, avenue de France
75013 Paris – France
Courriel : contact@lesescales.fr

ISBN : 978-2-36569-692-0
Dépôt légal : avril 2022
Imprimé en France

Couverture : Raphaëlle Faguer
Mise en pages : Nord Compo

Victoire
Chambre de bonne inoccupée
Théo
Markus, Jérôme et leur chat Sigmund
Hermine
Famille Delair : Charlotte, Alexandre, Lou et Gabriel
Margaux
Guy et son chien Gordon
Joshua
Famille Barkatte : Leïla et Léon
Victoire
Famille Lefeuvrier : Thomas, Hyppolite, Manon, Léa
RUE CAVENDISH
Isabelle, la femme aux chats
Madame Nathalie et son chien Elvis

Mai

1

— Bienvenue chez « Tous en cœur », Charlotte ! Et voici votre contrat. Ravie de vous accueillir dans notre équipe.

— Je suis très heureuse, moi aussi, madame.

— Appelez-moi Christel. Je sens qu'on va faire un boulot formidable, ensemble !

— J'en suis sûre.

— Venez, que je vous présente officiellement votre nouvelle collègue.

Christel se lève et je l'imite. Cette femme est impressionnante : vibrante d'énergie et assez charismatique. Quarante-cinq ans environ, très grande, cheveux blonds lissés retombant sur les épaules, elle porte un tailleur rouge à la veste un peu trop serrée et une jupe courte.

Christel est une femme d'affaires avisée qui a monté toute seule sa boîte d'organisation de mariages. À force de me croiser et de m'employer comme décoratrice et photographe, elle a fini par me proposer de venir travailler pour elle. Et moi qui galère comme indépendante depuis quelques années, je ne suis pas contre un salaire tous les mois et du boulot tous les jours. J'ai quand même négocié mes mercredis après-midi pour m'occuper de mes deux enfants, Lou, neuf ans, et Gabriel, qui fête ses quatre ans aujourd'hui.

— Vous partagerez le bureau de Laetitia, que vous avez déjà rencontrée.

Une femme brune et austère, ni jolie ni laide, un peu ronde, se lève de sa chaise et m'adresse un sourire réservé.

— Bonjour, Charlotte.

— Laetitia est notre base, la gardienne du temple, si vous voyez ce que je veux dire.

Pas du tout ! Je hoche la tête et souris pour donner le change.

— Elle vous expliquera le fonctionnement de l'agence et pourra répondre à toutes vos questions, hein, Léti ?

— Évidemment, Christel, lance-t-elle en regardant sa patronne avec un air d'adoration.

Puis, se tournant vers moi :

— Tu arrives lundi prochain, c'est ça ?

— Lundi, oui, absolument.

— Léti sera là pour vous accueillir, intervient Christel. Ensuite, je vous indiquerai un peu plus en détail ce que j'attends de vous. Bon, je vous libère. Reposez-vous bien ce week-end, et à lundi, 9 heures.

Je quitte l'agence sur un petit nuage. Je viens de signer un CDD d'un an mais j'espère de tout cœur qu'il se transformera en CDI. Alors à moi le travail en équipe et les réunions de brainstorming, la fiche de paye à la fin du mois et les congés payés ! Par contre, je ne suis pas sûre que Laetitia et moi, on deviendra de grandes copines. Si on a à peu près le même âge, on est très différentes. Enfin, j'apprendrai à la connaître et j'aurai peut-être une bonne surprise. Je vais me plaire ici, j'en suis sûre, et le travail est plutôt festif. Et puis je rencontrerai des tas de gens.

Je suis entrée dans le parc des Buttes-Chaumont et mon sourire qui s'élargit doit me donner l'air totalement illuminé. L'effet « Tous en cœur », peut-être, ou juste la joie d'avoir un contrat de travail. L'agence est située rue Manin et, en passant par le parc, je ne mets que dix minutes à pied pour arriver chez moi, rue Cavendish. Quel luxe ! C'est inespéré.

Notre boîte aux lettres est vide. Alexandre a dû prendre le courrier. Maintenant, il est en route pour aller chercher les enfants à l'école, Gabriel à la maternelle, Lou à l'école primaire. Mon mari, lui, a fait l'inverse de moi. Il travaillait dans une grosse entreprise où il était plutôt malheureux et il vient de se mettre à son compte. Sa boîte démarre, et ça ne se passe pas trop mal. Le fait que je retrouve un emploi salarié l'a encouragé à lâcher son poste et à tenter sa chance. Deux indépendants, pour un couple avec deux enfants à Paris, c'est trop risqué. Bref, tout s'est bien goupillé.

Au moment de glisser ma clé dans la serrure, j'entends le violon de Victoire. Je change d'avis et monte la rejoindre au sixième. Elle répète dans la chambre de bonne qu'elle loue à Guy Lefort, un autre voisin. Victoire, qui habite au deuxième, est violoniste professionnelle. Pour travailler tranquillement, elle s'est installée là-haut, dans cette pièce inhabitée qui servait de débarras. Depuis, presque tout le monde dans l'immeuble passe pour l'écouter. Et quand elle a fini de jouer, on reste pour papoter. C'est dingue ce que cette petite pièce a créé entre nous.

Comme je m'en doutais, Théo, l'étudiant amoureux transi de Victoire, est là. Il habite la petite chambre d'à côté et il rapplique presque tous les jours pour l'écouter. Ou plutôt pour la dévorer des yeux. Je ne sais pas comment elle fait pour le supporter. Il est mignon, mais super lourd. D'un autre côté, Victoire, belle rousse extravertie, fait cet effet-là à tous les hommes. Enfin, tous sauf Joshua. C'est le voisin du troisième, et Victoire le laisse complètement indifférent. Bien sûr, elle est folle de lui.

Margaux, ma voisine de palier, est là aussi. Je fais un petit signe à Théo, qui ne me répond pas puisqu'il ne me remarque même pas – l'effet Victoire, encore –, et je me glisse à côté de Margaux sur l'une des petites chaises que Victoire a disposées pour nous.

J'aime beaucoup Margaux, elle est adorable. Son petit ami vit dans l'immeuble d'en face. Leur relation est toute récente, mais je me dis qu'un jour ou l'autre ils emménageront tous les deux. J'espère que ce sera ici, pour qu'on les garde !

Je ne sais pas ce que joue Victoire, mais c'est totalement envoûtant.

— Charlotte ! s'écrie-t-elle lorsqu'elle a terminé son morceau.

Ses cheveux roux ondulés se sont détachés sous l'effort et je remarque la petite marque rouge sur sa peau, sous le menton, là où elle coince son violon.

— Qu'est-ce que tu jouais ?

— *Shéhérazade*, de Rimski-Korsakov. Pour notre prochain concert à Düsseldorf.

— Quand est-ce que ton orchestre s'arrêtera à Paris, pour qu'on vienne t'écouter ?

— Je vous le dirai, dit-elle en passant un chiffon sur son instrument, avant de le ranger dans son étui.

Je suis soulagée quand le téléphone de Théo sonne et qu'il quitte la pièce.

— Bye mon Théo ! lui dit Victoire en lui jetant son regard qui tue.

Puis elle vient s'asseoir avec nous.

— Alors, qu'est-ce qui t'arrive, Charlotte ? T'as l'air en transe ! Je sais que je suis hyper talentueuse, mais quand même...

— Je viens de signer mon contrat ! Ça y est, je suis salariée !

— Et c'est censé être si fabuleux que ça ? réplique Victoire, dubitative.

— Oh, félicitations ! intervient Margaux. Laisse tomber, Victoire, tu ne peux pas comprendre. Ça s'est fait très vite, non ?

— Oui. Et je commence lundi.

— Il faut fêter ça !

— Ça vous dirait de venir dîner à la maison samedi prochain ? J'inviterai aussi Markus et Jérôme.

— Désolée, je serai en tournée, répond Victoire. Et je pense que Jérôme ne sera pas là non plus, il doit partir pour Berlin.

— Oh, dommage !

— Mais Markus sera là.

— Et moi et Mathieu aussi, ajoute Margaux.

— T'inquiète, on aura tout le temps de se rattraper plus tard.

— Mais vous nous manquerez, samedi. Bon, je file, c'est l'anniversaire de Gabriel ce soir et je n'ai encore rien préparé !

L'appartement vide et silencieux est encore baigné par la lumière du soleil, plus douce à cette heure. Je finis d'emballer les derniers cadeaux, mets le repas en route, vérifie que j'aie bien quatre bougies utilisables. Puis je regarde autour de moi. Notre cuisine aux meubles crème, ouverte sur la salle à manger, est spacieuse et moderne. Notre belle table rectangulaire en verre et fer forgé entourée de ses six chaises est ma grande fierté. J'ai tout fait faire par un artisan qui s'est inspiré de mes dessins pour les réaliser.

Mais ce soir, ce n'est pas là qu'on dînera. Gabriel a demandé qu'on mange dans le salon, assis sur de gros coussins autour de notre table basse. Enfin, c'est moi qui ai exigé qu'on s'installe par terre : hors de question qu'on s'assoit sur mon autre fierté, notre énorme canapé quatre places bien moelleux. C'était mon rêve, ce canapé familial où on pouvait se tenir tous ensemble. Sous la table, j'ai posé un tapis écru très épais et tout doux, qui fait un beau contraste avec notre parquet foncé. J'adore mon appartement, c'est mon havre de douceur et de paix, mon...

La porte d'entrée cogne bruyamment contre le mur, et une déferlante sonore suit. L'accalmie est terminée : Alexandre débarque avec les enfants et le volume de leurs voix me submerge.

— Maman ! hurle Gabriel en se jetant dans mes bras. On a fêté mon anniversaire à l'école ! Il y avait un goûter pour tous les anniversaires, aujourd'hui !

— Je vois ça, tu as encore du chocolat sur la bouche et...

Je le repousse un peu.

— ... Et sur les mains aussi, dis-je en découvrant des traînées collantes sur les manches de mon chemisier.

— C'est des pépites, maman. La maîtresse a mis des pépites dans le gâteau !

— C'est dingue, des pépites, trop la chance, réplique Lou de son petit ton ironique qui me rend hystérique.

Alexandre, ignorant sa fille, me prend dans ses bras et m'embrasse bruyamment sur les lèvres.

— C'est dégoûtant, dit-elle.

— Berk, dit Gabriel en se tordant de rire, berk !

— Hé les gosses, laissez-nous vivre, dit Alexandre. Alors, ma chérie, ce contrat ?

— Signé !

— Bravo ! s'écrie-t-il, et il me fait tourner sur moi-même sur une musique imaginaire.

— Vous êtes ridicules. Vous allez traumatiser le petit, dit Lou, qui a posé sa main sur les yeux de son frère.

— Ouais ! C'est vrai ! hurle Gabriel, qui vénère sa sœur.

De toute façon, il est bientôt 18 heures. Chez nous, c'est l'heure de pointe. Faire le repas, donner le bain à Gabriel, surveiller les devoirs et la douche de Lou... Depuis la naissance des enfants, j'avais pris l'habitude de tout faire parce que mon mari partait très tôt et rentrait très tard, mais tout a changé maintenant qu'il travaille à la maison et qu'il m'aide chaque fois qu'il n'est pas en déplacement pour sa start-up.

Gabriel est tout heureux quand on s'installe pour dîner. À sa demande, et malgré les gros soupirs de Lou, on met des petits chapeaux pointus en carton avec des dessins de SamSam et je tends à tout le monde des serviettes assorties. Pour le menu, Gaby a demandé du poulet, des frites et plein de ketchup. Lou déteste le ketchup. Et depuis que son institutrice a eu la bonne idée de passer à sa classe un documentaire où on voyait des abattoirs, elle refuse de manger des animaux.

— T'inquiète, maman, les frites ça me va très bien, me dit-elle, comme si ça allait me rassurer.

Arrive enfin le moment du gâteau, des bougies et des cadeaux. Cette année encore, on a trop gâté Gabriel. Une fois tous ses paquets ouverts, il ne s'intéresse plus qu'à un énorme camion de chantier jaune affreux qu'Alexandre lui a acheté.

Le téléphone sonne, Lou décroche.

— Non, Cathy, ce n'est que moi. Je te passe ton petit-fils préféré. Gaby ! C'est ta grand-mère !

Alexandre et moi on se regarde avant de hausser les épaules. Pour la forme, je rappelle Lou à l'ordre.

— Dis, tu pourrais être plus aimable avec ta grand-mère ?

— De toute façon, ce soir je ne compte pas, réplique-t-elle en prenant un air blessé.

Alexandre éclate de rire et Lou, vexée, part bouder dans sa chambre.

— Bravo, la psychologie, dis-je à mon mari.

Pendant qu'Alexandre rejoint Lou pour tenter de la calmer, j'observe Gabriel, maintenant en conversation avec son grand-père. Il a décollé le combiné de son oreille et l'a mis devant son camion.

— T'as vu ? Hein, papi, t'as vu comme il est beau ? Tu sais à quoi il sert, pour de vrai ?

Parfois, dans la vie, on a l'impression qu'on est arrivé tout en haut, sur l'échelle du bonheur. Que tout est réuni pour qu'on soit le plus heureux du monde. Alors j'adresse une petite prière : « S'il vous plaît, faites que je reste là le plus longtemps possible avant de redescendre, et si vous le pouvez, pas trop bas... »

2

Lundi matin, 9 heures, je me présente à l'entrée de « Tous en cœur ». J'ai tellement hâte de m'y mettre et de tout donner ! J'ai plein d'idées, plein d'envies, et je suis sûre qu'avec Christel on va s'enrichir mutuellement. Moi qui me suis occupée de mon mariage dans les moindres détails, j'aurais rêvé que quelqu'un me débarrasse de toutes les responsabilités et de tout le stress que je me suis mis sur le dos à cette époque. Alexandre et moi, on s'est mariés il y a douze ans, ce qui me paraît une éternité. On était tellement jeunes, on n'avait que vingt-quatre ans, mais on se sentait adultes et responsables. On voulait avoir notre appartement, des enfants, exercer le métier qui nous plaisait, dans la mesure où on savait lequel. Alexandre avait une voie toute tracée, c'était un geek, et moi je me passionnais pour la déco d'intérieur et la photo. J'ai commencé par travailler dans une agence immobilière, ce qui m'a donné quelques contacts et puis, très vite, quand la vie professionnelle d'Alexandre s'est stabilisée et qu'il a bien gagné sa vie, je me suis mise à mon compte pour pouvoir faire ce que j'aimais.

Mais comme tous ceux qui ne sont pas dans l'informatique et le net comme Alexandre, ou encore dans le conseil financier, je galère. Les tarifs n'augmentent pas, voire diminuent, et j'ai tout le temps l'impression que j'ai de plus en plus de charges. Alors je suis prête à faire une croix sur ma liberté pour retrouver une respiration financière. Et puis je n'ai pas trop de regrets : c'est très sympa, d'organiser des mariages, je sais déjà que je vais adorer.

Je sonne à l'Interphone de l'immeuble haussmannien, traverse la cour. Tout au fond, il y a un joli bâtiment blanc sur lequel court une glycine en fleur. Devant, un perron ancien et, en fronton, une grande enseigne aux lettres élégantes annonce le nom de l'agence : « Tous en cœur » – sans « h », bien sûr, m'a expliqué Christel, fière de son jeu de mots.

C'est Laetitia qui m'ouvre, depuis le bureau que je partage désormais avec elle et par lequel on entre dans l'agence. Cet endroit est le point névralgique de l'agence. En face, sur la gauche, se trouve le bureau de Christel ; à droite, deux portes : l'une mène dans une petite salle de bains-WC, l'autre fait office de cuisine et de salle de rangement pour les fournitures et autres bricoles.

Aujourd'hui, Laetitia est entièrement vêtue de noir, avec une jupe droite juste au-dessus du genou et un chemisier boutonné jusqu'en haut. D'ailleurs, vendredi dernier, elle était déjà tout en noir. Ses cheveux gras sont tirés en une queue-de-cheval sévère. Sa peau est d'une pâleur incroyable, presque phosphorescente. Elle me sourit, mais son visage est tendu.

— Tu veux un café ? Je viens d'en faire.

— Avec plaisir.

— Pour aujourd'hui, prends une des tasses des visiteurs. Demain, apporte la tienne. Sinon tu trouveras tout dans ce placard, sous la cafetière.

Je crois que je peux oublier la sympathique pause-café avec de joyeux collègues...

— Allume ton ordinateur, je vais te montrer, continue Laetitia. Je t'ai installé la liste des contacts, ce sont tous nos prestataires et nos clients. À toi d'apporter les tiens. Christel m'a laissé trois dossiers, elle voudrait que tu appelles une série de fournisseurs pour savoir s'ils sont disponibles pour les trois mariages prévus. Il faut bien leur préciser la date et le lieu du mariage, et le nombre d'invités. Ensuite, quand on aura toutes les disponibilités, on pourra monter le projet et demander des devis.

— Vous bossez toujours avec les mêmes prestataires ?

— On en a une bonne liste, histoire de ne pas en manquer et de pouvoir répondre à toutes les demandes de nos clients, me dit-elle.

— Il y en a avec qui vous travaillez plus que d'autres ?

— Oui, je t'indiquerai lesquels. Et c'est important : on se fait confiance et on se renvoie la clientèle.

Vers 10 heures, Christel arrive, claironne un « bonjour les filles » et entre directement dans son bureau. Laetitia se lève et refait du café.

Dix minutes plus tard, Christel ouvre sa porte et vient se servir une tasse.

— Vous venez avec moi, Charlotte ?

Je la suis dans son bureau et m'assois en face d'elle.

— Ça va ? Vous êtes bien installée ?

— Très bien. Laetitia avait tout préparé. J'ai commencé à contacter les gens de votre liste.

— Parfait.

Christel me raconte alors comment, après avoir dirigé une agence immobilière (autre point commun avec moi, qui n'étais bien sûr que simple agente), elle a eu envie à la suite d'un voyage aux États-Unis de devenir wedding planner, ce métier qui n'était encore que balbutiant en France.

— Voyez-vous, Charlotte, pour leur fête de mariage, les gens veulent toujours mieux mais ils ont de moins en moins de temps et pas forcément les moyens. Alors pour que ça marche, il faut qu'on soit les meilleures à tout niveau : offrir de la qualité pour des prix imbattables. Je suis donc toujours à la recherche de l'excellence.

« En ce moment, avec tous les mariages qui ont été reportés, l'activité de l'agence connaît un pic et j'ai besoin de renfort. C'est pour ça que j'ai fait appel à vous. Je veux que vous m'apportiez une énergie nouvelle, des idées neuves, mais attention, je veux aussi que vous respectiez l'esprit que j'ai donné à mon agence. Vous me suivez ?

— Carrément.

— Avec nos clients, il y en a pour tous les goûts et pour toutes les bourses. L'idée, ce n'est pas de les pousser à la consommation (sauf s'ils sont riches et qu'ils ont envie d'en jeter plein la vue, alors là, on peut se lâcher). Le but n'est pas non plus qu'ils se retrouvent avec un mariage minable. C'est cher, un beau mariage, et bien souvent les gens ne s'attendent pas à payer la somme qu'on va leur demander. Et pourtant, s'ils veulent que leur fête soit inoubliable, ils doivent accepter de mettre le prix nécessaire. C'est souvent là que tout se joue : à nous de trouver le point d'équilibre pour qu'ils ne finissent pas avec des regrets.

Christel me regarde pour s'assurer que son discours est bien rentré dans mon crâne. Je hoche la tête.

— Et puis, ne jamais oublier que nos clients sont notre meilleure pub. Je souhaite donc que vous soyez irréprochable envers eux, respectueuse quelles que soient leur attitude ou leurs remarques. C'est bien compris ?

— Tout ça me semble logique.

— Bien. Pour cette première semaine, vous allez me seconder sur mes dossiers en cours, recevoir les clients avec moi. Ensuite, dès que je vous sens prête, je vous confie vos propres clients, bien sûr sous ma direction.

— Ça marche !

— Et si vous avez des questions et que je ne suis pas disponible, adressez-vous à Laetitia, elle est au courant de tout.

— Compris.

— Laetitia gère l'administratif, la comptabilité, elle connaît donc chacun de nos prestataires, avec qui elle négocie et qu'elle s'occupe de régler. Elle est aussi en lien avec les clients, dont elle fait les devis. Voilà. Des questions ?

— Non, je crois que c'est bon pour le moment. Alors j'y retourne ! dis-je en levant les poings comme une athlète prête au combat.

Christel lève un sourcil. J'en fais un peu trop, c'est ça ? En comparaison avec Laetitia, je dois avoir l'air complètement excitée.

— Alors, qu'est-ce qu'elle t'a dit ? me demande-t-elle quand je retourne à mon bureau.

— Pour le moment, je continue sur ses dossiers, on verra pour la suite.

— Christel est formidable, hein ?

— Oui, quand je pense qu'elle a créé toute seule sa société et que ça marche si bien... Je l'admire.

— Elle est brillante ! Et grâce à ses relations et à sa personnalité, c'est un véritable aimant à clientèle. Ceci dit, poursuit Laetitia en baissant le ton, il faut que tu saches que la logistique, la gestion au quotidien, c'est moi. C'est essentiel et très lourd, je ne compte pas mes heures. Au fond, je suis un peu son éminence grise.

Je l'observe, ne sachant que répondre. Elle-même continue de braquer fixement ses yeux sur moi. Ça devient pénible, au bout d'un moment. Qu'est-ce qu'elle veut me faire comprendre ? Que je ne dois pas marcher sur ses plates-bandes ? À priori, d'après ce que m'a expliqué Christel, ça ne devrait pas être le cas.

Les jours de la semaine défilent. Christel, qui est sans arrêt en déplacement, passe peu de temps au bureau ; quand elle est là, c'est avec le téléphone portable et les AirPods branchés en permanence. Laetitia, c'est l'inverse : on dirait qu'elle vit au bureau. Première arrivée, dernière partie, elle déjeune même à sa table de travail. Et quand elle ne fixe pas l'écran, c'est moi qu'elle observe. Dix fois par jour, je suis au téléphone ou en train d'écrire un mail, quand je sens un regard peser sur moi, un regard tellement insistant qu'il en est dérangeant. Instinctivement, je me tourne vers elle et c'est toujours la même chose : elle me scrute de ses yeux vides et froids, puis les détourne. C'est un peu flippant, en réalité. Laetitia a un autre penchant bizarre, elle parle toute seule, et assez fort. Et le pire, c'est qu'on a souvent l'impression d'entendre un dialogue : elle pose des questions et ensuite elle y répond. Bref, « Tous en cœur » n'est pas uniquement le temple de la joie et de l'équilibre.

Vendredi matin, Christel, qui vient d'accueillir deux nouveaux clients dans son bureau, m'appelle :

— Venez, Charlotte.

Puis, se tournant vers le couple :

— On va discuter de tout ça avec ma collaboratrice.

Je suis tellement contente que je me lève d'un bond, un peu comme Gabriel quand je lui dis qu'on va au parc. Je me cogne bien fort contre le pied de ma table de travail et gémis de douleur. Face à moi, Laetitia me scrute de nouveau d'un air sinistre. C'est clair, elle n'apprécie pas du tout que j'assiste à cette réunion.

Christel fait asseoir nos clients sur la petite causeuse en velours rose installée dans le coin salon de son grand bureau. Elle et moi prenons place en face d'eux dans les fauteuils assortis. Laetitia entre, tenant un plateau chargé de tasses, d'une cafetière et de biscuits. La garce : elle n'a mis que trois tasses ! Je sors chercher la mienne sans rien montrer. Pas de mauvais signal devant les clients.

Les futurs mariés, que Christel appelle par leurs prénoms, Anaïs et Lucas, ont une bonne quarantaine d'années. Lucas a l'air du cadre lambda, avec son costume-cravate, ses cheveux poivre et sel très courts et son rasage de près. Anaïs porte une robe beige élégante, un vernis carmin assorti à son rouge à lèvres et à son sac à main. Ses nombreux bracelets tintent à chacun de ses gestes.

Je suis fascinée par la manière dont Christel mène le rendez-vous, le naturel avec lequel elle parvient à mettre à l'aise ses clients avant de leur poser tout un tas de questions. Sans en avoir l'air, elle les fait parler d'eux, de leur vie, de leurs métiers, de leurs envies ; elle apprend à les connaître, à les cerner. De cette façon, elle pourra plus facilement les guider dans l'élaboration de leur mariage.

Puis viennent les interrogations sur le grand jour : voudront-ils se marier dans Paris ou en dehors de la ville, à la mer ou à la campagne ? Veulent-ils un mariage intimiste ou avec beaucoup de monde ? Ont-ils déjà une idée de salle ou peut-elle leur faire des propositions, veulent-ils un lieu classique ou plus original, quel genre de menu souhaitent-ils, bref, elle les interroge sur tous ces détails indispensables qui, si j'ai bien compris, amèneront d'autres questions afin de bâtir un projet puis un devis. Ce que je remarque aussi, c'est qu'on ne parle pas d'argent. Christel m'avait prévenue, elle n'aborde jamais ce sujet. C'est à elle, à travers les détails que livrent les futurs époux sur leur vie, sur leurs attentes, leurs besoins, de deviner le budget qu'ils souhaitent et peuvent allouer à la fête.

Pendant que l'échange se poursuit, je note tout et, très vite, je me prends au jeu. Après une heure de discussion, je suis persuadée de connaître intimement les futurs mariés.

— Formidable, on a tous les éléments pour vous combler de bonheur, déclare Christel en souriant de toutes ses dents, parfaitement alignées et d'un blanc éclatant.

Enfin, elle se tourne vers moi. J'ai étudié en ligne tous les lieux avec lesquels elle travaille et je pense savoir ce qui conviendrait au couple.

— Pour la salle, j'ai quelques idées, lui dis-je.

— Allez-y, Charlotte, je vous passe la main.

Heureuse comme une petite fille avec ses jouets et ses images, je leur propose une série d'endroits magnifiques avec un tel enthousiasme que j'arrive, j'en suis sûre, à les captiver.

— Restons-en là pour l'instant, intervient Christel au moment où je vais me lancer sur l'importance du décor floral. Je vois que vous avez l'art du détail, mais ce sera pour plus tard, quand on aura décidé des grandes lignes, et pour commencer, du lieu.

« Charlotte est une décoratrice et photographe professionnelle, explique-t-elle au couple. Elle vous guidera dans vos choix de décoration. Mais avant ça, je vous laisse réfléchir à la salle. Charlotte va vous faire la liste des endroits qu'on a évoqués. Regardez-les tranquillement en ligne, réfléchissez-y et, quand vous aurez fait votre sélection, prévenez-moi, je vous organiserai une visite. D'ici là, si vous avez des questions, on est à votre disposition !

On raccompagne nos clients jusqu'à la porte, tout le monde se dit au revoir avec effusion et on referme derrière eux.

— C'était très bien, Charlotte. Mais ne leur livrez pas tout avant qu'ils aient réfléchi de leur côté, il faut leur donner l'impression qu'ils ont choisi eux-mêmes leur mariage, surtout la salle. Et puis au premier rendez-vous, c'est comme en amour, il faut les intriguer, les captiver et leur donner envie de vous revoir vite, vous comprenez ?

— Absolument.

— Alors, à votre avis, qui est le chef, dans le couple ?

— Pardon ?

— Qui va décider de tout et qui sera notre interlocuteur ?

— Elle ?

— Pourquoi ?

— C'est elle qui donnait la plupart des réponses. Lui, il la regardait tout fier et disait oui à tout.

— C'est vrai. Par contre, je n'ai pas réussi à savoir qui tenait les cordons de la bourse. Ça aussi, c'est important.

J'adore ce boulot. On vend du rêve en faisant de la psychologie.

— Je sens qu'on va former une bonne équipe, conclut-elle.

— Merci !

— Allez, venez, on va déjeuner, je ne vous ai pas accueillie dans les formes, déclare celle que je considère déjà comme un gourou de la fête.

Christel m'emmène dans un grand restaurant chinois quasi désert et on s'assoit au fond de la salle, près d'un abominable aquarium.

— C'est ma cantine, ici. Leur menu est très bien et servi rapidement, déclare-t-elle.

Je comprends que je n'ai pas vraiment le choix.

— C'est parfait.

— Luc ! crie-t-elle.

Un jeune serveur se précipite aussitôt vers nous.

— Deux menus midi, s'il te plaît.

— Ça marche, Christel.

— Alors, vous vous plaisez, chez « Tous en cœur » ? demande-t-elle en déposant la petite bannette pleine de chips de crevette sur la table voisine. Ils n'ont toujours pas compris que je ne mange jamais ces trucs-là !

Je regarde à regret les petits beignets blancs sûrement bien croustillants s'éloigner de moi. Frustré, mon estomac gargouille.

— Je suis vraiment heureuse. C'est très motivant, les clients sont sympas, l'atmosphère de travail…

— Ah, l'atmosphère. Laetitia n'est pas très fun, hein ? demande-t-elle en pouffant. Et vous avez vu son look ? Mais ne vous fiez pas aux apparences. Elle a de grandes qualités et elle m'est entièrement dévouée.

Elle est avec moi depuis que j'ai créé l'agence. Pour tout vous dire, je l'ai trouvée en arrivant, un peu comme si on me l'avait laissée avec les murs. Enfin, j'exagère ! C'était le cabinet d'un expert-comptable, elle travaillait pour lui mais il partait à la retraite. Il m'a demandé si j'avais besoin de quelqu'un et il m'a assuré qu'elle était très fiable et très honnête. Alors je l'ai gardée. Et elle, elle est restée dans le même bureau ! J'ai quand même réussi à la déloger le temps des travaux. C'est un bel endroit, hein ?

— Superbe. Lumineux, classe. Et ces bouquets de fleurs partout ! Laetitia m'a dit que vous vous faisiez livrer chaque semaine ?

— Ça me coûte cher, mais ça fait son effet. Et ça, c'est important.

— Très réussi.

— Merci. Vous ne pouvez pas imaginer à quoi ça ressemblait avant. Ce cabinet n'avait pas connu de rafraîchissement depuis des décennies ! Il m'en a fallu, de l'imagination, pour transformer tout ça. Les moulures, la cheminée, elles n'existaient pas, c'est moi qui ai tout fait faire. Par contre, avec Laetitia, je n'ai rien réussi à changer.

— Elle ne porte que du noir, c'est ça ?

— Exactement. Je ne sais pas si elle est en deuil de quelqu'un ou de quelque chose, mais en tout cas, ça dure ! En plus, elle est tellement introvertie. Je voulais qu'elle prenne plus de responsabilités, qu'elle devienne mon bras droit, et elle aussi, je crois. Mais elle est trop timorée, trop effacée, elle n'a pas le feeling avec les clients. Et ce manque de fantaisie, ce côté vieille fille...

Christel soupire.

— Je ne peux pas lui demander de composer un mariage, vous êtes de mon avis, Charlotte ?

— Euh... sans doute.

— Alors je compte sur vous !

— Croyez-moi, je ne vous décevrai pas, j'adore tout, dans ce travail.

— Super ! J'ai enfin trouvé la personne qu'il me faut ! Comprenez-moi bien, je n'ai rien contre Laetitia, au fond, elle a plein de qualités. Elle et moi, on est comme un vieux couple : elle ne me surprend plus et elle ne peut plus rien faire sans moi. Le comptable avait quand même raison, elle est profondément honnête. En plus, elle m'adore ! J'ai une confiance absolue en cette femme, je sais qu'elle ne me trahira jamais.

Pauvre Laetitia. Elle qui aime tellement Christel. Si elle l'entendait... Bon, d'un autre côté, ma cheffe est en train de m'expliquer qu'elle me laisse le champ libre pour innover et, en gros, m'éclater. Que demander de plus ?

— Allez, mangez vos nems, dit Christel en interrompant mes pensées. Ils sont chauds.

Laetitia est à son bureau lorsqu'on revient à l'agence. Je me sens un peu coupable quand je sais qu'elle mange tous les jours ici son petit plat rapporté de la maison.

Et ce regard de chien battu... Dès que Christel a disparu derrière sa porte, Laetitia m'interpelle :

— Eh ben dis donc, tu as déjeuné avec la cheffe. Quel honneur... Moi je n'y ai jamais eu le droit.

Elle me fixe un long moment d'un regard à la fois triste et coléreux.

Ce soir-là, quand les enfants sont couchés, je suis à moitié allongée sur mon canapé avec Alexandre et je lui résume ma journée.

— C'est cool, ta boss a l'air de t'apprécier.

— Oui, ça c'est vraiment génial. Par contre, avec Laetitia, ça ne s'arrange pas, je crois qu'elle ne m'aime pas. Je la comprends, elle est là depuis le début, moi j'arrive et Christel me donne les responsabilités qu'elle n'a jamais eues. Et d'après Christel, Laetitia la vénère et se consacre entièrement à son boulot. Ça doit lui faire mal.

— Oui, mais si elle ne convient pas pour ton poste ? Elle n'a rien d'autre, dans la vie ?

— Je ne sais pas. Je demanderai à Christel, discrètement. Ou j'essaierai de me rapprocher de Laetitia, de lui prouver que je ne suis pas une menace, que je ne veux pas prendre sa place auprès de Christel, tu comprends ?

— Oui, je suis entièrement convaincu, dit-il en m'enlaçant.

Je le tiens gentiment à distance.

— Lundi, je fais tout pour me la mettre dans la poche. Je veux que ça se passe bien entre nous, qu'il n'y ait aucune ambiguïté…

— Charlotte, s'il te plaît, on est vendredi soir, les enfants dorment, on est là, tous les deux, sur le canapé…

Je le fais taire en l'embrassant.

3

Ce matin, au moment où je sors faire les courses avec Gabriel, un camion de déménagement se gare devant notre immeuble. J'adore notre petit rituel du samedi, quand on part, mon fils et moi, main dans la main pour remplir le caddie de la semaine.

À notre retour, une heure plus tard, le camion est toujours là. Il y a aussi la gardienne, Mme Ménard, et mon voisin du dessous, Guy Lefort. Leurs chiens batifolent sur le trottoir. Ils sont bizarres, ces deux-là, on dirait qu'ils sont amoureux… Gordon, le chien de Guy (il paraît qu'il lui a donné le nom du héros d'une vieille série), est un bâtard assez moche, couleur grisâtre. Son poil long est en général sale et emmêlé, et il est de taille moyenne. Elvis, le chien de la gardienne, est tout l'opposé : il est petit et d'une propreté immaculée. C'est un carlin, une créature trapue et courte sur pattes au poil beige, avec la gueule noire écrasée et un air pas sympa du tout. Elvis est un teigneux qui peut se montrer effrayant, presque autant que sa maîtresse.

Guy et Mme Nathalie – comme elle aime qu'on l'appelle – sont en train de harceler les déménageurs. Mon voisin, aussi négligé que son chien, la cigarette humide au coin des lèvres, jogging informe et T-shirt qui laisse deviner son début de brioche, vérifie qu'aucun meuble ne frôle les murs de la cage d'escalier. En vrai, il ne fait que bloquer le passage aux déménageurs et leur compliquer la tâche. Mme Ménard, chignon bouffant, clips dorés, rouge à lèvres rose assorti à son ensemble en velours flambant neuf, leur hurle dessus dans l'entrée.

C'est alors qu'arrive une femme d'une petite quarantaine d'années, des cheveux bruns bouclés comme les miens mais coupés plus court, juste au-dessus des épaules. Derrière elle, un garçon de l'âge de Lou tient dans les bras une cage à oiseaux recouverte d'un tissu épais. Sourire crispé, la jeune femme s'avance vers nous.

— Madame Barkatte, lui dit la gardienne, s'il vous plaît, surveillez vos déménageurs !

— Laissez-les travailler et vous verrez, tout se passera bien.

Gabriel et moi, on s'approche du petit groupe.

— Y a quoi, là-dedans ? demande Gabriel en désignant la cage.

Le garçon la serre plus fort contre lui.

— Un oiseau, explique sa mère en souriant à mon fils. Et toi, qui es-tu ?

— Gabriel ! Je peux le voir ?

— Gaby, c'est pas le moment, tu vas lui faire peur, dis-je.

Je me tourne vers la jeune femme.

— Charlotte, enchantée.

— Leïla. Et voici Léon, dit-elle en désignant le petit garçon. On emménage au deuxième.

J'éprouve alors un pincement au cœur. Ils s'installent dans l'appartement d'Alphonse, notre octogénaire mort il y a quelques mois et qui, malgré ses bizarreries et sa schizophrénie, nous était très cher. J'aurais dû m'y attendre, ça fait des semaines qu'il y a des travaux. Mais Leïla et son fils n'y sont pour rien, et la vie continue, non ?

— On est au quatrième, dis-je. Passez nous voir. J'ai une fille qui doit avoir à peu près l'âge du vôtre. Tu as quel âge, Léon ?

— Dix ans.

— Lou a un an de moins. Elle sera contente de savoir qu'il y a un garçon dans l'immeuble, dis-je.

Mouais. Là, je crois que je m'avance un peu.

Guy, essoufflé et rouge, nous rejoint.

— Alors c'est vous qui allez remplacer le vieux cinglé ! Eh ben, on a sacrément gagné au change, dit-il en étudiant Leïla de haut en bas. J'habite juste au-dessus de vous. Guy Lefort. Et lui c'est Gordon, mon fidèle compagnon. Votre mari n'est pas là ?

— Je suis divorcée.

— Moi aussi ! Ça nous fait un point commun ! On s'en remet très bien, vous ne trouvez pas ?

J'ai un peu pitié de Guy. Il est le seul à rire de sa blague et personne ne lui répond. Ceci dit, il n'a même pas l'air de s'en rendre compte.

— Gordon et moi, on n'est plus que nous deux, ajoute-t-il en lançant un clin d'œil à Leïla, qui lui jette un regard hostile.

Ça promet !

À la maison, Alexandre et Lou sont au salon en train de travailler, l'un sur son ordinateur, l'autre, le nez dans ses cahiers.

— Il y a une femme plutôt sympa et son fils qui emménagent dans l'immeuble, dis-je.

— Où ça, exactement ?

— Dans l'ancien appartement d'Alphonse. Au fait, ma chérie, Léon a un an de plus que toi. C'est une bonne nouvelle, non ?

Ma fille devient blême.

— Une bonne nouvelle ? Des gens prennent la place de papi Alphonse et tu trouves ça bien ?

— Oh, pardon, ma Lou. Je sais que tu l'adorais... Je suis désolée.

— Ne me parle plus d'eux, je ne veux jamais les voir.

Sur ce, elle se lève et part s'enfermer dans sa chambre.

— Alors là, niveau psychologie, rien à dire, remarque Alexandre, hilare.

Ce soir, Margaux, son copain Mathieu et Markus, notre voisin du cinquième, sont venus dîner. Markus est allemand, il est marié avec Jérôme qui est chef d'orchestre et un vieil ami de Victoire. Comme elle, il voyage tout le temps.

Pendant qu'Alexandre est en cuisine, Gabriel fait son apparition dans son pyjama Snoopy et vient dire bonsoir à tout le monde avant d'aller dormir. Je l'emmène se coucher et laisse Lou faire la conversation à Margaux et Markus. Elle leur parle de sa nouvelle lubie, les insectes. Je lis une histoire à Gaby, lui fais un long câlin puis me dégage de ses bras potelés qui s'accrochent à mon cou.

— Papa va venir te faire un bisou, je vais le chercher.

— Tu reviens après ?

— Gaby…, dis-je en retenant un soupir.

Quand je retourne dans le salon, Lou est partie se mettre en pyjama à son tour et tout le monde parle de la femme qui a emménagé à la place d'Alphonse. Margaux s'était beaucoup occupée de lui pendant les derniers mois de sa vie, et il lui manque beaucoup. Pour ma fille, Alphonse était une sorte de grand-père de substitution, version allumé.

— Elle a l'air sympa, la nouvelle voisine, remarque Markus.

— Oui, elle s'appelle Leïla, dis-je.

— Et d'après Mme Ménard, elle a un fils adoptif qui est originaire du Vietnam, intervient Margaux.

— Léon. On l'a rencontré, avec Gabriel.

— L'immeuble change, c'est incroyable. Toutes les personnes âgées disparaissent les unes après les autres pour être remplacées par des jeunes ou des familles, remarque Markus.

— Tu penses aux Lefeuvrier, au premier étage ? dis-je.

— Par exemple.

— Le pauvre gars, dit Alexandre, il est veuf.

— Tu tiens ça d'où ?

— À ton avis ? L'autre commère de l'immeuble ?

— Guy ! s'exclame-t-on tous en chœur.

Deux secondes plus tard, on entend la voix rauque de Lou.

— Hé, vous allez réveiller Gaby. Vous pouvez parler moins fort ?

Et elle en profite pour s'installer sur le canapé entre Margaux et Mathieu. Je n'ai pas le courage de la renvoyer se coucher. Je sais, je n'ai aucune autorité avec cette petite...

— Qu'est-ce que Guy t'a raconté d'autre ? demande Margaux.

— Le père vit avec ses deux enfants, un petit et une ado, mais il a aussi une grande qui fait ses études à Lille ou à Lyon, je ne me souviens plus.

— Oh, c'est triste. Les deux plus petits sont jeunes pour vivre sans leur mère, remarque Margaux.

— Attention, la mère Teresa de la rue Cavendish est de retour..., dit Mathieu en lui faisant un sourire attendri.

— Oh, c'est bon !

On passe à table. Alexandre, qui adore cuisiner, a fait un gigot d'agneau au miel avec des pommes de terre au four ; pour le dessert, des crèmes brûlées. Lou traîne toujours avec nous et je me donne comme excuse que demain, elle n'a pas école. Elle a suivi Margaux et Mathieu, et a glissé un tabouret entre eux. Maintenant, elle réclame une nouvelle part de dessert.

Au moment du café, Alexandre lui ordonne d'aller dormir.

— Margaux, tu peux m'accompagner, s'il te plaît ?

— Lou !

— J'ai des choses à lui montrer.

— Laisse, ça me fait plaisir, me dit Margaux.

Toutes les deux disparaissent dans le couloir. Lou aime beaucoup Margaux, c'est la seule personne de l'immeuble qu'elle va voir depuis la mort d'Alphonse.

— Alors, comment ça se passe, ton nouveau boulot ? veut savoir Markus.

— Tu es sûr que tu veux la brancher là-dessus ? demande Alexandre.

Je lui donne une petite tape pour le faire taire et explique à Markus ma position délicate entre Christel et Laetitia.

— Ma boss m'a très bien accueillie et du coup l'autre employée me voit comme une concurrente. C'est un peu tendu, mais je fais ce que je peux pour qu'elle m'accepte.

— C'est pas gagné, si vous voulez mon avis, remarque Alexandre.

— Merci pour ton soutien !

— Il n'y a que vous trois, dans cette boîte ? demande Mathieu.

— Oui. Moi, ma collègue et ma cheffe.

— Que des femmes, alors ?

— D'un autre côté, ça limite le risque de harcèlement sexuel, dis-je.

— Ah bon ? Tu as déjà connu ça ? Oh, pardon, je suis un peu direct…

— De quoi vous parlez ? demande Margaux en reprenant sa place.

— De harcèlement sexuel. Non, ça ne me dérange pas d'en parler. On est une bonne cible, quand on est indépendante. C'est vrai, j'ai loupé certains contrats parce que j'ai refusé d'y passer, ou parce que j'ai fait l'idiote. Margaux, tu connais ça ?

— Pas trop, heureusement. Il y a quand même des patients bien relous qui te draguent, qui ont les mains baladeuses… Mais ces gars, ils sont allongés devant moi, tout vulnérables avec leurs douleurs, et moi je suis là, debout au-dessus d'eux en blouse blanche… Ils ne me font pas peur et j'arrive à les calmer assez vite. C'est juste hyper lassant. Après, je fais quand même attention à ne jamais leur donner le dernier rendez-vous de la journée, ou quand il fait nuit…

— C'est dingue. On n'imagine pas toutes les stratégies que vous devez inventer pour vous protéger, intervient Markus.

— Tiens, tu as quoi, là ? je demande en remarquant que Margaux tient une petite boîte qui appartient à ma fille.

— Ah, ça ? C'est un cadeau. Un scarabée, explique Margaux en pouffant.

Elle nous montre l'insecte monté sur son épingle.

— Elle t'a offert un membre de sa collection ? Mais tu sais que c'est une sacrée preuve d'amour, ça !

— Ouais, carrément ! Et j'ai même pu choisir. J'ai pas voulu de la bestiole atroce avec les grosses pinces devant.

— Quoi, la lucane ? Mais c'est son préféré ! dit Alexandre.

— Berk, répond Margaux, qui referme le couvercle sur son insecte. Qu'est-ce qu'elle fabrique avec tous ces trucs, les parents ? C'est vous qui l'encouragez ?

— Tu rigoles ! Tu connais notre fille. Nous, ses penchants bizarres, on les subit, répond mon mari.

— J'aimais mieux quand elle me confiait ses poupées vampires.

— Tu ne te rends pas compte de l'honneur qu'elle te fait.

— OK, mais si elle passe aux araignées ou aux rats, je vous le dis tout de suite, c'est sans moi.

4

Lundi, après avoir déposé les enfants à l'école, j'entre dans le parc juste avant 9 heures. Je marche dans la grande allée parallèle à la rue Manin et n'en reviens toujours pas de ma chance. Des joggeurs s'attardent encore et des nounous se promènent avec leurs doubles, voire triples poussettes. Les fleurs recouvrent les plates-bandes, les arbres sont magnifiques. J'inspire profondément et pense à ma mission de la semaine : rassurer Laetitia. Mais aussi prouver ce que je vaux, puisque cette semaine, si tout va bien, je me lance seule aux commandes avec mes propres clients.

Laetitia m'a fourni un bip et une clé qui me permettent d'entrer dans l'immeuble puis dans le bureau sans avoir à sonner. Je fais vraiment partie de l'équipe ! Même si je suis encore en période d'essai pour deux mois. Mais Christel m'a bien expliqué que ce n'était qu'une formalité. Ma collègue est bien sûr déjà là.

— Salut, Laetitia, tu as passé un bon week-end ?

Elle met plusieurs secondes à lever les yeux de son écran avant de me répondre :

— Oui, merci. Désolée, je suis débordée...

— C'est bon, je ne te dérange pas plus, dis-je.

Je ne sais pas si elle a écouté ma réponse, elle a déjà replongé le nez dans son ordi et prend un air totalement absorbé. Aujourd'hui, elle porte un haut noir, bien sûr, orné de dentelles. Comme d'habitude, elle n'est pas maquillée, à l'exception de son rouge à lèvres sombre qu'elle applique plusieurs fois par jour en couche épaisse, un peu comme une peinture de guerre ou une armure. Elle murmure des paroles inaudibles, mais je décide de ne pas y faire attention.

La cafetière est vide. C'est l'occasion de lancer mon offensive pour détendre l'atmosphère.

— Laetitia, je vais faire du café, tu en veux ?

— OK, dit-elle sans me regarder.

Quand c'est prêt, je viens la servir. Il y a deux cadres, posés devant son ordinateur. Curieuse, je plisse les yeux pour bien voir les photos. Je ne suis pas déçue : sur le premier cliché, c'est Laetitia avec Christel. Professionnelle jusqu'au bout.

— Très jolie, la photo de toi et Christel, vous l'avez prise où ?

— À un des mariages auxquels j'ai assisté. Elle m'avait demandé de lui donner un coup de main à la dernière minute. J'ai voulu immortaliser le moment.

Je me tourne vers elle en gloussant, m'attendant à la voir rire. Non, elle est sérieuse. Elle a saisi le cadre et passe les doigts sur le verre, comme une caresse.

— Et sur l'autre photo, c'est qui, avec vous deux ?

— Son mari et son fils.

— Quel beau gosse, le fils !

Laetitia devient écarlate. Qu'est-ce que j'ai dit ?

— Il s'appelle Robinson. Il a dix-neuf ans. C'est un garçon adorable.

— Je n'en doute pas !

C'est quoi, le problème de Laetitia ? Elle est tellement seule au monde qu'elle essaie de se faire adopter par la famille de Christel ? Elle me fait vraiment de la peine. Mais puisqu'on a établi un semblant de conversation, j'en profite :

— Au fait, on n'a pas encore déjeuné ensemble, ça te dirait ?

Elle a un léger mouvement de recul, puis :

— Pourquoi pas. Mais pas aujourd'hui, j'ai apporté mon déjeuner.

— Demain ?

— Plutôt jeudi, répond-elle sans aucun enthousiasme.

Pas grave, elle a dit oui !

En fin de matinée, Christel arrive, accompagnée d'un grand jeune homme blond, et je reconnais tout de suite Robinson. Jean déchiré, T-shirt, sweat à capuche et baskets de marque, AirPods (les vrais)... – pas besoin de voir son téléphone pour en connaître la marque, ce gosse possède toute la panoplie du jeune citadin moyen. Mais il a aussi ce petit plus, un air nonchalant, une désinvolture qui permet de reconnaître en lui le rejeton d'une famille aisée.

— Bonjour, Robinson ! s'exclame Laetitia. Tu n'es pas à la fac, ce matin ?

— Je n'ai pas cours. Ça va, Laetitia ?

— Oh, c'est gentil de demander ! Mais oui, mon grand, ça fait plaisir de te voir.

Eh bien, Robinson a de la chance, avec Laetitia. Pas comme moi, qui rame tous les jours. Mais je suis conne, c'est le fils de Christel, et sa photo trône sur le bureau de ma collègue bizarre, alors évidemment...

Plus personne ne parle et tout le monde me fixe. Merde, on a dû me poser une question.

— Pardon ? dis-je en les regardant tous les trois.

— Donc vous êtes Charlotte ? répète probablement Robinson.

— Enchantée !

— Viens dans mon bureau, mon chéri, je suis pressée.

Une fois la porte refermée, je chuchote, histoire de pousser un peu Laetitia dans ses retranchements :

— Aussi sexy en vrai qu'en photo, ce gamin !

— Charlotte ! Quand même...

Cette fois, elle rougit à peine.

— Il fait un peu enfant gâté, non ?

— Christel n'a que lui, c'est normal.

Un quart d'heure plus tard, BG sort du bureau de sa mère en glissant une enveloppe rebondie dans la poche de son sweat.

— À bientôt, Robinson, susurre Laetitia.

— Salut ! nous dit-il avant de claquer la porte.

En fin de matinée, Christel nous appelle.

— Léti, Charlotte, venez, s'il vous plaît.

Elle se rassoit derrière son bureau et on s'installe en face d'elle.

— Léti, tu as terminé le devis pour les Levy-Rothman ?

— Presque. J'attends celui de la fleuriste. On sera dans les temps.

— Formidable. Charlotte, vous vous sentez prête à gérer vos dossiers toute seule ?

— Comment ça ? Désolée, Christel, mais là…, s'insurge Laetitia dont le visage s'est crispé.

— Qu'est-ce qu'il y a, Léti ? C'était l'idée : Charlotte me décharge de certains dossiers et tu l'aides à monter les devis.

— Mais elle vient d'arriver, et je me disais que…

Hé oh ! Je suis là, quand même. Elles discutent de moi comme si je n'étais pas dans la pièce.

— Ne vous en faites pas pour moi, dis-je, je gère mes propres clients et fournisseurs depuis des années, devis compris. Mon ancien boulot free-lance n'était pas si différent de celui-là. Je peux me charger sans problème de vos dossiers.

— Tu vois, Léti, pas besoin de t'inquiéter. Charlotte a déjà compris toutes les ficelles. J'ai préparé la liste des clients que je lui laisse, à toi de lui montrer où trouver les infos pour les reprendre. Je compte sur toi, Léti. Allez, au travail !

Laetitia et moi, on retourne dans notre bureau. Ma collègue est encore plus blême que d'habitude. Elle savait pourtant pourquoi j'avais été embauchée.

— Je t'assure, Laetitia, fais-moi confiance, je suis prête. Et si j'ai un doute, je pourrai te demander ? dis-je en prenant l'air le plus faux-cul possible.

Laetitia soupire.

— De toute façon, c'est Christel qui décide, c'est sa boîte.

Mercredi après-midi, je ne travaille pas et passe un super moment avec les enfants. En fin de journée, en revenant de la boulangerie, mon fils et moi on croise dans l'entrée Thomas Lefeuvrier, le voisin du premier étage, et son fils. Jusqu'à présent, on n'a échangé que des politesses. Mais aujourd'hui, nos deux garçons qui visiblement se connaissent sont tout heureux de se retrouver.

— Votre fils est à la maternelle Jean-Menans, lui aussi ? me demande Thomas.

— Oui, en moyenne section.

— Hyppolite est en grande section, il rentre au CP l'an prochain !

Le petit garçon, entendant son prénom, lève les yeux vers son père puis se tourne vers moi.

— Le 3 septembre je vais avoir six ans, dit-il d'un ton sérieux.

— Moi aussi ! s'écrie Gabriel.

— Oui, mon chéri, mais d'abord, il faut que tu aies cinq ans.

— Oh, c'est pas juste.

Hyppolite est à peine plus grand que Gaby. Il est châtain aux yeux noisette et il n'est pas bien gros non plus. Peut-être que, le sachant orphelin de mère, je me fais des idées, mais je trouve qu'il a une petite lueur triste dans le regard.

La porte d'entrée s'ouvre et Leïla apparaît, tirant un caddie derrière elle. On est cinq, à présent, dans ce petit passage, et je me dis que Mme Ménard va bientôt surgir de sa loge pour nous chasser.

— Charlotte, Gabriel ! Comment ça va ?

— Vous vous connaissez ? je demande, regardant tour à tour Thomas et Leïla.

— Vous êtes ma nouvelle voisine du dessus ? demande Thomas, souriant.

— C'est ça, répond-elle sèchement.

Son ton désagréable me surprend, mais j'enchaîne, comme si de rien n'était :

— Leïla aussi a un fils, mais plus âgé que les nôtres. Il n'est pas avec toi ?

— Il n'a plus l'âge d'accompagner sa mère faire les courses, dit-elle en ébouriffant les cheveux de

Gabriel. Et de toute façon, il est à sa leçon de guitare.

— Ah ! c'est lui qui joue ? intervient Thomas.

— Oui, pourquoi, il vous dérange ?

— Non, pas du tout, j'étais sûr d'avoir entendu le son d'une guitare, c'est tout.

Un silence s'installe. Qu'est-ce qu'il se passe, entre ces deux-là ? Heureusement Gabriel intervient.

— Maman, Hyppolite peut venir dormir chez nous ?

— Pas ce soir, mon chéri, mais on verra ça un autre jour, d'accord ?

— Non, ce soir ! Allez, maman !

Je regarde Thomas puis Leïla et leur souris en haussant les épaules.

— Bon, je crois que je vais vous laisser avant qu'on ait un drame. Et ce sera avec plaisir un autre jour, pour Hyppolite ! Bonne soirée tout le monde.

J'attrape Gabriel par la main et on file dans l'escalier.

Le lendemain, à 13 heures, je quitte le bureau avec Laetitia pour aller déjeuner dans un restaurant indien. J'avais tellement peur qu'elle trouve une excuse pour annuler. Je ne suis pas ultra détendue, elle non plus, et pendant plusieurs minutes, on ne sait pas quoi se dire. Après avoir lu trois fois le menu, je me lance :

— Christel et toi, vous avez l'air très proches, et en plus vous êtes complémentaires.

— Oui, on a un lien spécial, c'est vrai.

Le serveur nous interrompt pour prendre la commande, et je me demande comment enchaîner.

— Elle m'a dit le plus grand bien de toi, d'ailleurs, pendant notre déjeuner.

Laetitia me jette un regard noir. Pourquoi est-ce que je lui ai rappelé le coup du déjeuner ?

— Écoute, lui dis-je, j'ai l'impression que tu n'es pas très contente que Christel m'ait embauchée. Mais je suis là, maintenant, et je sais que tu adores ton boulot, l'agence, Christel. Je ne vais pas me mettre entre vous, je veux juste faire mon travail. Avec ta collaboration, si tu veux bien, et à charge de revanche. Je suis sûre qu'on pourrait trouver un terrain d'entente...

— Je ne sais pas. Mais c'est sympa de me dire ça. Je vais être franche : j'espérais que Christel me confierait autre chose que la compta. C'est sûr, je ne savais faire que ça quand elle m'a embauchée. Mais je l'ai observée, je l'ai assistée tous les jours, elle m'a tout appris. Alors pourquoi elle ne croit pas en moi ? On travaille tellement bien ensemble, on a une relation si forte...

— Peut-être que tu devrais voir les choses autrement. Toi et Christel, vous le dites vous-mêmes, tu es la colonne vertébrale de cette boîte.

— Évidemment ! Je suis comme sa directrice financière. Christel m'informe de tout. Si demain elle doit s'absenter, je peux la remplacer sans problème et faire tourner la boîte.

— Tu es sa directrice générale, en fait ! dis-je avec entrain.

Et à cet instant, j'arrive à croire à ce que je raconte et j'oublie le petit discours de Christel sur son employée, dans le restaurant chinois. Je poursuis sur ma lancée :

— Moi, je suis là pour choisir les bons prestataires pour les clients. Je sais, c'est amusant, mais toi, c'est du lourd.

Laetitia me scrute de son regard perçant. Je discerne enfin une lueur de satisfaction, qui disparaît rapidement.

— Pourtant, j'aimerais bien, moi aussi, travailler en direct avec les clients, choisir une fleuriste, la sono...

— Demande à Christel.

— Pas sûr que ça serve à grand-chose. Je suis indispensable sur le reste.

Son orgueil a repris le dessus. Laetitia souffre visiblement d'un complexe à la fois d'infériorité et de supériorité. C'est bon à savoir.

— Cette agence, c'est toute ma vie, lâche-t-elle.

La perche que j'attendais...

— Tu es mariée ?

— Tu vois une alliance ? demande-t-elle en tendant sa main.

— Tu vis en couple, peut-être ?

— Non, mais j'ai quelqu'un, dit-elle d'un ton suffisamment agressif pour que je n'insiste pas.

C'est pourtant elle qui continue :

— Et je n'ai pas de gosses non plus. Pas de bol, j'ai déjà trente-huit ans. Alors cette boîte, c'est un peu mon enfant.

— Je vois.

— Je donne tout, mais parfois...

— Oui ?

— Non, rien, dit-elle. C'est juste que Christel...

Le serveur est de retour avec nos plats. Laetitia se met à manger en silence. Elle ne dira plus rien.

5

Samedi, après les courses, Gabriel me demande de l'emmener à l'aire de jeux, en haut des Buttes-Chaumont. Là, il y a un tourniquet, des balancelles sur ressort, un toboggan et une cage à poule. Mais d'abord, assis à côté de moi sur le banc, la tête posée au creux de mon bras, il mange la barquette de framboises que je lui ai achetée.

— Gaby, hé !

Mon fils lève la tête et je l'imite.

— Hyppo ! crie-t-il, puis il se précipite pour rejoindre son copain, qui vient d'entrer avec Thomas.

Les deux enfants courent vers le toboggan et Thomas s'approche de moi.

— Je peux m'asseoir avec vous ?

— Évidemment ! Et on peut se tutoyer, non ?

— Oui, bien sûr.

— Je ne savais pas que nos fils étaient tellement potes !

— Moi non plus. D'ailleurs Gabriel peut venir jouer avec Hyppolite quand il veut.

— Je pense qu'il n'attend que ça !

— Ils sont où ? Merde, ils ont déjà disparu… Hé !

Thomas s'est levé et il agite les bras.

— Revenez tout de suite !

Les deux garçons sont en train d'enjamber la clôture pour se sauver. Ils ont tous les jeux à disposition, mais ils vont voir ailleurs au bout de cinq minutes. Quelle plaie !

— Hyppolite, si tu sors d'ici, tu es puni, compris ?

Puis il se tourne vers moi en souriant.

— Tant que ça marche encore… En tout cas, ça me fait bien plaisir qu'Hyppolite ait un ami dans l'immeuble. Souvent, il se sent seul.

— Il s'entend bien avec sa grande sœur ? Elle s'appelle comment, d'ailleurs ?

— Tu parles de laquelle ?

— Je ne sais pas. Les deux ?

— Léa, c'est l'aînée, elle a vingt-deux ans, elle fait une école de journalisme à Lille. Je l'ai eue avec ma première femme. On est divorcés. Ensuite, je me suis remarié avec Kathy, et on a eu Manon, qui a treize ans, et puis Hyppolite.

— Comment ça se passe, entre les enfants ?

— Léa vit sa vie, maintenant. Elle vient certains week-ends et parfois pour les vacances. Elle adore son frère et sa sœur mais elle ne les voit plus beaucoup. Pour les deux autres…

— Je sais, ils n'ont plus leur maman.

Thomas baisse les yeux.

— Kathy est morte en donnant naissance à Hyppolite.

— Oh, je suis désolée.

— Je n'ai rien compris, c'était tellement inattendu, tellement... impossible... mourir, de nos jours en France, en donnant naissance à son enfant. Mais Kathy souffrait d'une insuffisance cardiaque et aucun médecin ne l'avait décelée avant. On n'avait pas prévu d'avoir un autre enfant, elle avait quarante-trois ans, tu imagines ? Manon en avait déjà huit.

— Je ne sais pas comment tu as fait, quand tu t'es retrouvé avec tes deux petits tout seul.

— Je vais te le dire : je ne m'en souviens plus. C'est comme si j'étais resté dans le brouillard pendant au moins trois ans. Il fallait avancer, aller bosser, nourrir mes gosses, essayer de les écouter, de leur parler, de les consoler. Enfin, surtout Manon. Mais là, je n'y suis pas arrivé.

— Comment ça ?

Thomas soupire, cherche les enfants du regard avant de me répondre.

— Manon est très renfermée. Je ne sais rien de ce qui se passe dans sa tête, elle est tellement secrète. Je l'ai bien envoyée voir des psychologues, je suppose qu'ils l'ont aidée. Mais elle ne communique pas avec moi. Elle reste dans sa chambre avec son téléphone et ses bouquins. Elle lit énormément. Je crois qu'elle se réfugie dans la lecture.

— Ce n'est pas si mal.

— Oui, ça aurait pu être pire. Mais j'aimerais qu'elle soit plus dans la vie.

— Elle a des copains, au collège ?

— Je n'en sais rien.

— Si elle passe du temps sur son téléphone, à priori… Et Hyppolite ?

— C'est un chouette gosse, mais un gosse triste, tu vois. Il pleure beaucoup, pour un rien.

Thomas se met brusquement à sourire.

— Eh bien, quelle confession ! Tu es douée pour faire parler les gens, ça fait des années que je ne m'étais pas confié comme ça. J'espère que je ne t'ai pas soûlée !

Il paraît à la fois un peu gêné et content, il en est attendrissant.

— Pas du tout ! Et puis c'est moi qui te mitraille de questions.

On suit des yeux nos deux enfants accrochés à la cage à poule. Hyppolite rigole beaucoup, je me demande si son père n'exagère pas un peu. Les enfants, il paraît, ont une grande capacité de résilience, plus grande que la nôtre. Enfin, je crois. En tout cas, de ce que je peux voir de mon banc, ce petit garçon s'amuse autant que les autres.

— Et toi, comment tu vas ? je lui demande.

— Oh, moi, je ne me pose plus la question. Je vis pour mes enfants.

— Tu as le droit de penser à toi aussi, non ? D'ailleurs, si tu retrouves un peu de bonheur, ça rejaillira sur eux.

— Oui, tout le monde me répète que je devrais refaire ma vie. Mais un veuf avec un petit de cinq ans et une ado à gérer, j'aimerais bien les voir. Et qui voudrait hériter de tout ça ?

Je détaille Thomas. Il est assez séduisant, avec ses cheveux grisonnant aux tempes, ses traits fins, son regard doux et profond. Il est grand, mince, ce qui n'est pas toujours le cas des hommes de son âge. Même pas l'ombre d'un ventre proéminent, contrairement à notre voisin Guy qui est à peu près de la même génération. J'aimerais bien lui demander son secret, afin de le donner à Alexandre, pour plus tard. Je me rends compte que Thomas attend une réponse de ma part, et si possible encourageante.

— Oh, nous, les femmes, on n'est pas comme vous, les gros dossiers, ça ne nous fait pas peur ! lui dis-je.

— Merci, Charlotte, c'est gentil.

— C'est quand tu veux !

Depuis notre déjeuner, Laetitia me parle davantage et elle est légèrement plus aimable. Même si elle persiste à me fixer de son regard intense assez anxiogène quand elle pense que je regarde ailleurs. Et même si elle préfère parler toute seule qu'avec moi. Parfois, elle est flippante : si on ne la voit pas, on pourrait presque croire qu'il y a deux personnes qui discutent. J'espère au moins qu'elle ne souffre pas d'un dédoublement de la personnalité !

Continuant mes tentatives de séduction, je l'ai sollicitée une ou deux fois pour avoir son avis sur certains fournisseurs. Dans ces moments-là, elle prend un air un peu condescendant et je me retiens de l'envoyer balader. Mais si ces petits instants de satisfaction lui font plaisir et la rassurent, tant qu'ils ne me coûtent pas grand-chose, je vais les lui accorder. Qui sait, avec le temps, elle va peut-être finir par m'apprécier !

Aujourd'hui, je suis très contente de moi, j'ai bouclé mon premier dossier pour un jeune couple très charmant. J'ai choisi tous les prestataires, je pense avoir déniché la salle qui leur correspond – une jolie péniche au décor kitsch et joyeux – et un DJ qui saura satisfaire l'assemblée composée en grande majorité de moins de trente ans.

Comme convenu, c'est Laetitia qui doit monter le devis à partir de ce que j'ai préparé. Je lui dépose donc toutes les infos sur son bureau.

— Voilà le dossier des Pinson-Roque, lui dis-je. Tu sais, ce beau couple ? Tu peux me faire le devis s'il te plaît ?

Laetitia se crispe et pousse un soupir exaspéré.

— Laisse-le là, je verrai.

Pas un regard. Je retourne un peu décontenancée à mon bureau.

Ce soir-là, Alexandre me rassure.

— Arrête de t'inquiéter dès qu'elle prend son air hargneux. Elle doit être lunatique, cette fille. Ça ne veut pas dire que tu es redevenue son ennemie numéro un. Tu verras : demain, ce sera encore autre chose. Alors ne le prends pas pour toi et continue de faire ton boulot.

— Tu as raison, dis-je, me sentant stupide.

Quelques jours plus tard, Laetitia m'annonce qu'elle a plusieurs choses à voir avec moi avant de pouvoir faire le devis.

— Tu peux venir, s'il te plaît ?

Mon dossier est ouvert sur son bureau.

— Ton projet ne tient pas la route, tu as commis pas mal d'erreurs. Je t'ai tout signalé. Là, par exemple, regarde, dit-elle en me désignant la page où j'ai présenté la péniche. Le nombre d'invités est trop important pour ce genre d'endroit. Laisse tomber cette idée.

— Ah bon ? J'étais sûre d'avoir vérifié… Et puis ce sont eux qui me l'ont demandé…

— Et c'est à toi de leur expliquer que ce n'est pas possible, c'est ton boulot.

— Impossible, ils veulent une péniche à tout prix. Je vais leur en trouver une plus grande, alors.

— Et ton DJ ne fait pas la lumière, j'imagine que tu ne t'es pas assurée que la péniche s'en occupait ?

— Euh... Non.

— Non, bien sûr.

Laetitia soupire.

— Puisque je dois en chercher une autre, de toute façon..., dis-je. Bon, je vais lire tes notes et tout reprendre.

— Fais attention : si tu prends une péniche plus grande, tu vas la payer plus cher. Seras-tu toujours dans ton budget ?

— T'inquiète, je vais me débrouiller.

Elle me tend le dossier et me jette un regard agacé, limite méprisant. Non mais pour qui elle se prend !

Visiblement, elle aussi m'en veut. La voilà repartie dans un dialogue inaudible grogné à mi-voix. À son ton exaspéré, j'en conclus qu'elle trouve mon dossier hyper nul.

Il est tard. J'ai feuilleté chaque page, la plupart sont annotées, on dirait que j'ai tout faux et que je dois tout recommencer. Je n'y crois pas ! J'avais planifié un mariage de rêve qui correspondait complètement à mon couple.

Il faut que je rentre, les enfants m'attendent. Je glisse discrètement le dossier dans mon sac pour le regarder plus tard, loin des yeux de Laetitia. Puis je me lève en tentant de faire bonne figure et esquisse un sourire crispé à ma collègue. Je devine déjà ce qu'elle pense : que je me suis plantée et que je pars comme tous les jours la première... Eh bien, qu'elle dorme là, si ça lui fait envie, moi j'ai ma deuxième journée qui commence avec Lou et Gabriel.

Sur le chemin du retour, je n'arrête pas de ressasser, si bien que je ne vois rien autour de moi – les enfants qui courent partout en riant, les amoureux qui marchent main dans la main, les personnes âgées assises sur un banc qui discutent en fixant sans gêne les passants, ceux qui mangent une glace ou une gaufre... Non, je revois ma journée, je repense à mon dossier et me demande où je me suis plantée.

Arrivée sur mon palier, j'entends les enfants crier derrière la porte, Alexandre qui leur demande de se taire d'une voix forte, Lou qui lui répond. Je n'ai pas le courage, pas tout de suite. Je sonne chez Margaux.

— Ouf, tu es chez toi, dis-je lorsqu'elle ouvre sa porte, et rien que de la voir, toute souriante, je me sens mieux.

— Ce soir j'ai fini tôt.

— Je ne te dérange pas ? Mathieu n'est pas avec toi ?

— Pas cette semaine, il donne des cours dans son école d'art, à Nancy. Ça se voit, non ?

Margaux a enfilé sa tenue de célibataire : grand T-shirt, vieux short, chaussettes pelucheuses avec des petits cœurs imprimés.

— Mais toi, ça n'a pas l'air d'aller. Entre, tu vas me raconter.

Son salon est plus petit que le nôtre et ses meubles sont très vieillots. Margaux n'a pas changé la déco qu'elle a trouvée en emménageant. Elle s'en fiche complètement, d'autant que tout appartient à son oncle qui lui prête l'appartement. Finalement, je dois reconnaître que ça a un charme désuet, ou plutôt....

— Vintage, c'est ça, dis-je.

— Pardon ?

— Cet appart'.

— Oui, je sais, ta fille m'a déjà fait remarquer que tout était vieux, ici.

— Ne tiens pas toujours compte de ce qu'elle raconte, d'accord ?

Assise à côté d'elle sur son canapé, je passe cinq minutes à lui expliquer comment ma collègue m'a fait me sentir complètement nulle en cassant tout mon dossier.

— Je n'arrive pas à croire que je me sois plantée à ce point. Monter des projets, je fais ça les yeux fermés. Un mariage à organiser, ce n'est pas plus compliqué qu'un appart' à redécorer ! Et le devis, je le lui laisse parce que c'est la politique de la boîte, mais moi, je sais le faire.

— Elle a peut-être exagéré. Elle veut juste t'impressionner, te bizuter, faire sa cheffe, je ne sais pas, moi...

— Elle n'est pas ma cheffe.

— Alors elle doit être jalouse. C'est toujours comme ça, dans les bureaux, il paraît : des histoires de concurrence, de jalousies…

— Oui, mais là, elle a souligné plein de trucs qui n'allaient pas.

— Tu es sûre qu'elle a raison ?

— Je vais tout vérifier. Si ça se trouve, tu l'as bien cernée, elle m'a débinée exprès. Tiens, regarde, dis-je en sortant le dossier de mon sac. J'étais fière de moi, j'avais tout préparé, inséré de belles photos…

Margaux me prend le dossier des mains et tourne les pages.

— Je ne sais pas, moi, tout ça, franchement, ça me fait rêver, ça me donne envie de me marier demain !

Je scrute Margaux, je cherche à savoir si elle est vraiment sincère ou si elle essaie de me rassurer. Elle devient écarlate.

— Tu dis ça pour me faire plaisir ?

— Mais non !

— Alors pourquoi tu es toute rouge ?

— Mais parce que je suis gênée ! Je viens de parler de mon mariage, quand même. Et toi tu n'arrêtes pas de me fixer, c'est embarrassant !

— Oh, toi et Mathieu vous…

— Bien sûr que non ! Nous deux, c'est trop récent. Et après tout ce que je lui ai fait, j'imagine sa tête si j'abordais le sujet. Il partirait en courant.

— Lui ? Je ne crois pas. Ceci dit, quand vous serez décidés, et quand je serai complètement au point, venez me voir, je vous ferai un prix !

À la maison, après avoir aidé Alexandre avec les enfants, je passe au crible tout le dossier. Laetitia me reproche d'avoir oublié de vérifier plein de détails, de dépasser le budget et d'avoir choisi les mauvais prestataires. Je ne comprends rien. Je suis fatiguée et tout s'embrouille dans ma tête. J'étais persuadée que ça collait, et je ne suis pas sûre de voir où j'ai eu tort. Alors que je m'apprête à tout revérifier, Lou m'appelle pour que je vienne lui souhaiter une bonne nuit.

Elle est couchée et lit une BD. Ma fille n'aime que les livres où il y a du suspense et de l'humour et je dois me décarcasser pour lui en trouver. Ce soir, elle feuillette les *Sisters*, et elle rit toute seule. Elle me lit la blague censée être hilarante, qui ne m'amuse pas du tout, et j'ai de nouveau l'impression d'être nulle.

— Oh, maman, t'es vraiment pas drôle. Faut te détendre un peu, d'accord ?

— Merci, dis-je en grognant.

Alexandre travaille dans le salon. Il va falloir qu'il se loue un bureau, notre appartement est trop petit pour héberger sa start-up.

— Ta fille te réclame, lui dis-je. Et demande-lui d'éteindre, c'est l'heure de dormir.

Je peux toujours rêver. Souvent, quand on va se coucher, je vois filtrer un minuscule rai de lumière sous la porte. Lou s'endort très tard et je ne sais pas quoi faire.

Alexandre revient et me prend dans ses bras.

— Toi, il y a quelque chose qui ne va pas.

— Si, ça va. J'ai discuté avec Margaux, elle m'a fait du bien.

— On ne dirait pas.

— S'il te plaît, laisse tomber, ça vaut mieux.

J'enlace Alexandre et je me serre fort contre lui.

— Tu sais quoi ? J'ai envie de toi.

Cette nuit, longtemps après qu'Alexandre et moi on a fait l'amour, je n'arrive pas à m'endormir. Mon mari est étendu à côté de moi, il respire doucement. Je l'observe, et la bouffée d'amour que je ressens pour lui me réconforte. Je détaille ses longs cils châtains, ses sourcils épais, son nez droit un peu long, sa bouche charnue que j'aime tellement embrasser, son cou pâle et son torse sur lequel je pose la main. J'ai envie de sentir battre son cœur. Il murmure, bouge légèrement et j'ai peur de l'avoir réveillé. Mais il inspire profondément avant de retrouver un souffle régulier. Je le regarde longuement, me blottis contre lui et sombre enfin dans le sommeil.

6

Le lendemain, je décide de reprendre sereinement mon dossier. Je n'ai pas encore pu tout compulser quand Christel me convoque dans son bureau.

— Laetitia est venue me voir, m'explique-t-elle. Visiblement, je ne vous ai pas assez bien formée.

Cette garce a déjà cafté ! Elle m'a à peine rendu le dossier qu'elle est allée se plaindre à notre cheffe !

— Ne vous inquiétez pas, dis-je, il n'y a que quelques petits détails à agencer, c'est tout.

— C'est normal, on ne peut pas penser à tout, au début. J'aurais dû m'en souvenir. Laetitia va vous encadrer un peu plus pour le moment. Je ne suis bien sûr pas assez disponible pour m'en charger. Et puis, entre nous, le montage financier et tout ça, ce n'est pas la partie la plus fun de notre travail, et c'est parfait pour notre Laetitia ! me dit-elle d'un air complice.

Je suis rassurée que Christel le prenne autant à la légère.

Laetitia m'ignore quand je retourne m'asseoir derrière mon bureau. C'est trop facile. On va mettre les choses au clair tout de suite.

— Christel m'a dit que tu t'étais plainte de mon dossier ?

Elle garde les yeux sur son écran.

— Alors je voulais te dire, surtout ne t'en fais pas, je te rendrai très vite des projets inattaquables.

Elle lève enfin la tête.

— Ne le prends pas comme ça. Tout ce que je veux, c'est que l'agence marche bien.

— Quel don de soi, dis-je avec ironie.

Laetitia ne semble pas le remarquer.

— Je te l'ai dit, je ferais tout pour Christel et pour « Tous en cœur ». Bon, tu as refait ton dossier ?

— Pas encore. Je m'en occupe.

Laetitia m'observe.

— Tu sais, c'est normal que tu commettes des erreurs. Tu débutes, ici. J'avais pourtant prévenu Christel que tu n'étais pas prête.

— Merci, Laetitia, mais ça va aller. Vraiment.

Ce soir, je demande conseil à Alexandre. Est-ce que je dois me montrer patiente avec Laetitia et courber un peu le dos, le temps qu'elle s'habitue à ma présence dans la boîte et qu'enfin elle me lâche, ou est-ce que je dois aller au clash ?

— Fonce-lui dans le lard, ne te laisse pas faire, parce que ce n'est qu'un début. Cette fille cherche à te déstabiliser. Fais-moi confiance, je connais ce genre de stratégie. Là, déjà, tu as cédé, tu ne t'es pas montrée assez offensive.

— Mais pas du tout ! Je lui ai bien fait comprendre qu'elle n'allait pas jouer longtemps à la cheffe avec moi.

— Ah ! tu vois ? Tu valides : elle joue la cheffe, et toi la petite employée. Et voilà ! tu es déjà soumise.

— Mais arrête, tu confonds tout ! On n'est pas dans ton ex-boîte où tout le monde se tirait dans les pattes.

— Ah ouais ? Et il valait quoi, en réalité, ton projet ? Tu as vérifié, au moins ?

— Mouais.

— Et alors ?

— Et alors j'en sais rien.

— J'ai raison ! Tu te laisses déstabiliser. La phase suivante : tu perds confiance en toi.

— N'importe quoi. Elle va changer d'attitude avec moi, tu verras. Je l'aime, ce boulot, je veux que ça marche et je ferai tout pour.

Alexandre hausse les épaules en soupirant.

Les jours suivants, l'attitude de Laetitia envers moi est double : soit elle se montre très agacée, soit elle joue la collègue compréhensive. C'est assez perturbant parce que je ne sais jamais comment elle va réagir. Quoi qu'il en soit, elle retoque toutes mes nouvelles suggestions. C'est épuisant, décourageant et j'ai du mal à comprendre ce qui cloche vraiment.

Autre chose qui me rend dingue, chez elle : son attitude envers Christel. Je n'avais pas encore remarqué la façon dont elle va toujours au-delà de ses désirs, se met aux petits soins pour elle... En gros, elle est servile et pathétique.

Alexandre est de plus en plus exaspéré quand je me confie à lui. Il trouve que ma « pseudo-stratégie » vis-à-vis de Laetitia est « foireuse » : maintenant, elle sait que je suis faible et qu'elle peut me manipuler autant qu'elle veut. Le ton monte.

— Tu n'as même pas le recul nécessaire pour analyser ce qui se passe. Elle cherche à te casser et elle y arrive très bien. Et toi tu crois encore qu'elle va s'arrêter. Mais tu rêves ! Tu sais ce que je pense ? Tu devrais aller voir directement ta boss, c'est quoi son nom, déjà ?

— Christel.

— Christel, c'est ça. Va lui montrer ton travail. Je suis sûr que tes dossiers sont très bien. J'ai pas raison ?

Je hoche la tête.

— Moi je les trouve très bien, et je ne sais pas pourquoi elle les refuse tous.

— Mais bordel, tu ne comprends toujours pas ? Tu es conne ou quoi ?

— Eh, ça va pas de me parler comme ça ?

— Pardon, désolé. Mais...

— Ah ! je le coupe, bien sûr, il y a un mais !
— Évidemment ! Tu t'aveugles complètement.
— Conne et aveuglée, merci.
— Salut les hypocrites ! s'écrie Lou en entrant dans le salon.

Le regard noir qu'on lui jette ne lui fait aucun effet.

— Dès qu'on a le dos tourné, pas de limites, c'est v'la les gros mots. Bravo les parents !

— Lou, dans ta chambre ! hurle Alexandre.

Lorsque je croise Margaux un peu plus tard, elle me demande si ça va mieux, avec ma collègue.

— S'il n'y avait que ça... Alexandre et moi, on n'arrête pas de s'engueuler. Il trouve que je me laisse trop rabaisser par Laetitia. Elle a réussi à persuader Christel, notre cheffe, que je n'étais pas pro... Mais tu la verrais avec Christel, on dirait qu'elle est amoureuse d'elle, je te jure.

— Ben dis donc... Tu viens à la piscine avec moi ? propose-t-elle quand j'achève ma tirade. Ça te ferait du bien.

J'aime beaucoup Margaux, mais elle a développé une obsession pour la natation et elle essaie toujours d'emmener tout le monde nager. Perso, je déteste les piscines.

— On va plutôt se boire un verre au Kaskad ce week-end ?

— Bien sûr ! Mais réfléchis à ma proposition.

Alexandre n'a pas été tendre avec moi. Pourtant, avec un peu de recul et une nouvelle conversation sans hurlements ni insultes, il m'a convaincue. Je vais demander à Christel de nous départager, moi et Laetitia. À force de faire, de refaire et de défaire mes projets, ils ne ressemblent plus à rien et mes clients s'impatientent. Je veux qu'elle regarde mon travail et me donne son avis. C'est ce que je tente de lui expliquer ce matin, motivée à fond par Alexandre.

— Je fais au mieux, lui dis-je, et je suis sûre d'avoir compris mes erreurs. Je vous ai apporté mon dossier pour le mariage Touré-Martin, et j'aimerais avoir votre expertise.

— Je suis désolée, Charlotte, mais on en a déjà parlé. Je n'ai absolument pas le temps de passer derrière vous. J'ai confié cette mission à Laetitia et, comme vous le savez, j'ai entièrement confiance en ses compétences.

— Mais, vous disiez vous-même qu'elle manquait de fantaisie pour ce boulot !

Christel, pour la première fois, me jette un regard sévère.

— Laetitia ne m'a jamais déçue. Elle connaît son travail. Je lui ai demandé de vérifier la viabilité de vos projets, et si elle me dit qu'ils ne sont pas viables, alors c'est qu'ils ne le sont pas. Allez, Charlotte, un peu de modestie et de persévérance. Vous allez y arriver. Maintenant, excusez-moi, j'ai plein de coups de fil à passer.

Je sors tête basse de son bureau, les joues brûlantes.

— Quelque chose ne va pas, Charlotte ? me demande Laetitia.

— Si, si, tout va bien.

— Tu es sûre ? Si je peux faire quoi que ce soit pour t'aider, dis-le-moi.

Je lève les yeux vers elle. C'est dingue, on dirait qu'elle est sincère ! Pourtant c'est elle qui m'a fichue dans cette galère. Cette fille me désarçonne. Et elle continue de le faire lorsque, en fin de journée, se présente un homme de haute taille, la cinquantaine, sourire carnassier, une élégance plutôt bling-bling. Je le reconnais, c'est l'homme qui est en photo sur le bureau de Laetitia, le mari de Christel. Ma collègue l'accueille avec un ton dégoulinant.

— Richard ! Comment allez-vous ? Je vais prévenir votre femme !

Elle va frapper à la porte de notre patronne. Richard la suit des yeux d'un air gourmand. Comme quoi, il existe des hommes pour la trouver appétissante... Sentant probablement mon regard, il se tourne vers moi.

— Euh... Bonjour, je suis Charlotte.

— Richard, le mari de Christel, dit-il en s'avançant vers moi. Alors, c'est vous, la petite nouvelle ?

— Non... Oui, je...

On entend la voix de Christel :

— Chéri, viens, je suis prête dans cinq minutes !

Richard frôle Laetitia au moment où ils se croisent, et je n'ai pas l'impression que ce soit fortuit. Puis ma collègue ferme la porte derrière elle et se rassoit sans afficher la moindre émotion.

Est-elle flattée ou énervée par l'attitude de Richard ? Je n'en ai aucune idée, elle ne montre absolument rien.

— Il a l'air sympa, Richard, je tente.

— Très. Christel a de la chance, répond-elle d'un ton morne.

— Absolument.

En rentrant chez moi, je me pose plein de questions. Qui est vraiment Laetitia ? Ces jours-ci, je l'ai vue fascinée par notre cheffe, amicale envers le fils, indéchiffrable avec le mari libidineux ; sans parler de son comportement avec moi qui passe par les coups bas, l'exaspération et une sollicitude déstabilisante. Qu'est-ce qu'elle ressent, au fond ? Qu'est-ce qu'elle pense de moi ? Je suis larguée.

Leïla, qui arrive devant notre porte d'entrée en même temps que moi, me tire de mes réflexions.

— Hello, Charlotte, ça va ?

— Leïla ! Oui, et toi ?

Dans la cage d'escalier, on entend faiblement le son du violon.

— On a un violoniste dans l'immeuble ? me questionne Leïla.

— C'est Victoire. Tu as un peu de temps ?

— Oh oui, pour une fois que je rentre de bonne heure !

— Alors viens, que je te présente.

— J'arrive, je pose mes affaires et je préviens Léon.

Leïla laisse sa porte entrouverte et je glisse un œil pendant que je l'entends embrasser son fils et lui expliquer rapidement la situation. Le vieux parquet d'Alphonse a été remplacé par un autre en bois clair, un grand miroir et une commode moderne décorent la spacieuse entrée, là où, quelques mois plus tôt, se trouvait le portemanteau d'Alphonse, avec son pardessus, sa casquette, sa sacoche et son grand parapluie. Une vie effacée par d'autres, un trait tiré sur toute une existence. Pourtant, je dois l'admettre, je suis heureuse d'avoir Leïla et Léon comme nouveaux voisins.

— Me voilà ! m'annonce-t-elle en réapparaissant.

Au quatrième étage, j'ouvre ma porte et jette mon sac dans l'entrée en criant :

— Je suis là, tout le monde ! Je monte voir Victoire et je redescends ! Bisous !

Je me dépêche de claquer la porte avant que quelqu'un me retienne.

Victoire est en train de finir un morceau très rythmé quand on arrive devant la porte entrouverte de la chambre. Les dernières notes achevées, elle se tourne vers nous.

— Hello, Charlotte !

— Victoire, je te présente Leïla, ta voisine de palier.

— Oui, bien sûr, on s'est déjà croisées.

— Et donc tu répètes ici, c'est ça ? l'interroge Leïla.

— Exactement. Pour éviter de gêner mes voisins au-dessus et au-dessous. Et au cinquième, ce sont des amis, dont un musicien. On se comprend et je ne les dérange jamais.

À cet instant, Guy devancé par Gordon surgit, essoufflé.

— J'arrive trop tard ? Notre grande artiste a fini de jouer ? demande-t-il d'un air obséquieux. Vous aussi, vous êtes fan ? dit-il en s'adressant à Leïla.

— Je le serai sûrement mais là, c'est une première, répond-elle.

— C'est moi qui loue cette chambre à Victoire. Elle est à moi, et les deux autres à côté aussi. L'immeuble appartenait en quasi-totalité à mon grand-père, voyez-vous.

Pendant qu'il parle, son regard détaille le corps de Leïla, comme le jour de l'emménagement, en s'arrêtant plus lourdement sur sa poitrine. Je n'ai jamais vu Guy comme ça. Je ne connais pas Leïla, mais ça risque de clasher…

— Vous savez que, pendant la Seconde Guerre mondiale, il y avait deux petits garçons juifs qui ont vécu cachés ici, dans cette pièce ? intervient Victoire.

— Ah bon ? je m'exclame.

— Eh oui, mon grand-père était un grand résistant, poursuit Guy, tout fier. C'était un homme qui avait l'esprit ouvert, il s'en fichait, des religions, des origines, tout ça.

Même si ce n'est que son grand-père, mon voisin remonte légèrement dans mon estime. Son aïeul a quand même sauvé deux gamins pendant la guerre ! Ici, dans notre immeuble !

La porte s'entrouvre de nouveau et Gordon s'en approche en remuant la queue. Décidément, on s'est tous donné le mot pour monter chez Victoire, ce soir. Léon, le fils de Leïla, apparaît.

— Oh, pardon, je cherche ma mère, dit-il.

— C'est votre fils ? demande Guy d'un ton si stupéfait que c'en est gênant.

— Viens, mon chéri, que je te présente, dit Leïla en ignorant son voisin.

Gordon, très excité, fait la fête au garçon.

— Comme je le disais à l'instant, on est très ouverts, dans cet immeuble, déclare Guy, qui continue de s'enfoncer inexorablement.

Un bruit de pas feutrés se fait entendre dans l'escalier, le frottement de chaussons rembourrés contre le sol que je reconnais bien : les chaussons chauve-souris de Lou, trouvables uniquement en période d'Halloween.

— Entre, ma chérie.

— Vous faites une réunion ou quoi ? demande-t-elle.

Puis son regard se pose sur Léon et son expression se fige, ses yeux s'écarquillent.

Léon l'observe avec curiosité puis sourit imperceptiblement, mais ma fille ne bouge toujours pas.

— Lou, tu connais Léon ? Ohé ! Lou !

— Non, répond-elle enfin.

Première fois que quelqu'un arrive à la troubler. Elle est complètement sous le charme, en vrai. Incroyable.

Le lendemain, vendredi, dès mon arrivée au bureau, Laetitia me propose du café. OK, je vais éviter de me poser des questions et accepter les choses comme elles viennent.

Elle me rend un dossier que j'ai refait au moins quatre fois et, miracle, cette version lui convient. On est bien loin de ce que j'avais imaginé au départ, mais au moins le projet se tient financièrement, les mariés ne dépenseront pas un centime de plus que ce qu'ils avaient prévu.

— Merci, Laetitia.

Elle me lance un sourire satisfait.

— Tu vois, on a fini par y arriver !

Oh, mais quelle garce !

— Au fait, Christel m'a appelée, poursuit-elle. Elle ne viendra pas, aujourd'hui, elle est partie en week-end avec son mari en Normandie. Pas pour se reposer, évidemment, elle va visiter des châteaux et des salles de réception dans la région.

— Et son mari, ça ne le dérange pas ?

— Oh, lui… Un vieux beau qui ne fout pas grand-chose, me dit-elle en me jetant un regard en coin.

Je sursaute. Laetitia se lâche ?

— Il ne travaille pas ?

— Il a des boutiques de fringues dans le 6e arrondissement, mais il a des gérants qui font tout le boulot. C'est un riche héritier, il aurait pu ne jamais travailler.

— Comment tu sais tout ça ? dis-je, intriguée.

— J'ai mes sources, répond-elle mystérieusement.

— Tu lui plais bien, en tout cas, dis-je.

— Si j'étais intéressée, je ne me ferais pas d'illusions, il saute sur tout ce qui bouge.

Je rigole, suivie par Laetitia. Incroyable, elle sait rire.

Juin

7

En début de semaine, Christel me fait venir dans son bureau en me demandant de bien fermer la porte. Laetitia a trouvé autre chose pour me griller, c'est ça ?

— J'espère que vous n'avez pas de projets pour samedi prochain ? me demande ma cheffe.

Je me détends d'un cran.

— Non, pourquoi ?

— Vous allez participer à votre première fête de mariage ! Et vous avez de la chance, tout se passe dans le quartier.

— Éva et Éric ?

— Exact.

— Génial !

— Avant votre venue, je m'en sortais toute seule pour les petits mariages, et pour les plus grands, je me faisais aider par une de mes amies, une directrice d'agence immobilière. Mais elle est moins disponible et ces derniers temps j'ai dû me rabattre sur Laetitia.

Je lui loue des robes pour l'occasion, sinon vous imaginez la catastrophe, avec ses tenues sinistres !

Je pouffe de rire et, j'avoue, ça fait du bien.

— Mais comme je vous l'ai dit, elle n'a pas le truc, avec les clients. Alors je suis bien contente de vous avoir. Pas besoin de vous louer une robe ? Vous pourrez vous débrouiller toute seule, j'imagine ?

— J'ai tout ce qu'il faut dans ma penderie.

— Parfait. Alors prenez des notes : vous passerez chez moi à 9 heures pour prendre la voiture de mon mari. Vous verrez, elle est très simple à conduire. Vous y installerez les coussins d'alliance, les boutonnières pour les témoins, les couronnes pour les demoiselles d'honneur. Ensuite, vous irez chercher la robe au pressing. Vous devrez être impérativement chez la mariée avant 11 heures pour tout lui déposer. Sa mère vous y attendra. Après, vous reviendrez déposer la voiture et vous pourrez rentrer chez vous. Pendant ce temps, j'emmènerai Éva se détendre au spa, faire une manucure, puis chez la coiffeuse pour le chignon et le maquillage.

« La mairie est à 15 heures. À ce moment-là, j'aurai de nouveau besoin de vous pour le cocktail. C'est très simple, ça se passe au même endroit que pour le dîner, mais dans la salle d'à côté. Vous irez surveiller nos prestataires et utiliser votre œil de décoratrice pour faire les derniers ajustements. On attend quatre-vingts personnes. Après le mariage civil, j'emmènerai les mariés aux Buttes-Chaumont pour la séance photo, et on vous rejoindra avant l'arrivée des invités. Une fois que tout le monde sera là, vous aurez votre nouvelle pause.

« On se retrouvera dans la salle de restaurant vers 19 heures. Le propriétaire s'occupe de tout, sauf de la décoration florale. Là encore, je compte sur votre talent pour guider l'équipe de la fleuriste !

— Et les mariés arriveront à quel moment ?

— Ils feront leur entrée une demi-heure avant les invités. Je les accueillerai et je les emmènerai pour leur présenter le chef. Le dîner devrait être excellent, c'est un cuisinier réputé.

— Et on reste jusqu'à environ quelle heure ?

— Dès que les discours seront finis et que vous aurez aidé les gens à trouver leur place, vous pourrez vous sauver. Il sera en gros 21 h 30. Ça ne pose pas de problème, j'espère ?

— Pas du tout ! Et vous, vous serez là jusqu'à la fin ?

— Oh non ! Je partirai au même moment que vous si je sens qu'Éva est sereine. Sinon, si je la sens stressée, je patienterai jusqu'au début du bal.

Samedi, à 9 heures, comme prévu, je sonne chez Christel. Son appartement au douzième étage, quai de Loire, domine le canal. La vue est magnifique. Je suis un peu étonnée quand Christel m'annonce que Laetitia sera finalement avec nous au restaurant.

— Elle a tellement insisté pour venir m'aider, je ne pouvais plus m'en dépêtrer ! La pauvre, elle me fait pitié. Si vous voulez mon avis, elle ne sait pas quoi faire de ses week-ends. Vous la laisserez inspecter la salle avec vous avant l'arrivée des invités, ça lui fera plaisir. Ensuite, je la laisserai en cuisine pour qu'on ne la remarque pas trop, me dit-elle en riant.

Super. J'imagine que Laetitia a tout fait pour s'incruster parce qu'elle ne supporte pas que j'y sois. Ça va être vraiment compliqué, entre nous deux.

Le temps de tout charger, d'aller chercher la robe énorme que j'essaie de ne pas froisser, il est presque 11 heures. La mère de la mariée et son frère viennent me donner un coup de main pour monter les affaires. La première partie de ma mission est accomplie, je peux retourner rendre la voiture de Richard et rentrer chez moi à pied pour déjeuner avec ma famille.

Lou me saute dessus dès que je mets un pied dans l'appartement.

— Tu as pris la robe de mariée en photo ?

— Tiens, regarde. Elle est belle, hein ?

— Mouais. Pas mal. Elle a coûté combien ?

— Cher, j'imagine.

— Ah ! là là, tout cet argent gâché pour divorcer après, à quoi ça sert ?

— Qui te dit qu'ils vont divorcer ?

— Parce que. C'est obligé. Il paraît que la cause des divorces, ce sont les mariages.

— Oh, Lou ! intervient Alexandre. Évidemment, puisqu'il faut être marié pour divorcer.

— Non, tu comprends rien, papa.

— Explique-moi.

— C'est pas la peine.

— Alors arrête de faire cette tête sinistre, ce n'est pas ton mariage, que je sache.

— Heureusement. Sinon je porterais plainte contre vous.

— On peut passer à table, ça ne vous dérange pas ? J'ai une fête à organiser, vous êtes au courant ?

— Moi, je ne me marierai jamais, conclut Lou.

— Mais si ! Avec moi ! s'écrie Gabriel qui nous rejoint.

Lou pousse un énorme soupir. On dirait qu'elle souffre, et je me retiens d'éclater de rire. Surtout, ne pas croiser le regard d'Alexandre, qui doit être dans le même état que moi.

À 14 h 30, je suis prête à partir. Je m'observe une dernière fois dans le miroir. Je suis contente de ma robe soyeuse vert pâle, joliment décolletée et cintrée. J'ai noué mes longs cheveux bouclés en une queue-de-cheval très lâche dont s'échappent quelques mèches frisottées. J'ai passé un long moment à me maquiller, sous les yeux ébahis de Gabriel, qui a absolument voulu me mettre mon rouge à lèvres. Lou – incroyable – m'a trouvée très belle.

La salle où a lieu le cocktail est à côté de la mairie. Tout est en place, je n'ai pas grand-chose à faire. J'attends l'arrivée de Christel et des mariés pour m'assurer qu'ils sont satisfaits. Éva et Éric font leur entrée.

Ils sont magnifiques ! La robe que j'ai trimballée précieusement fait son effet et les sourires du couple en découvrant les lieux me réjouissent. Leurs parents sont beaucoup plus stressés, ils inspectent tout d'un air suspicieux. Christel les calme instantanément avec un flegme et une autorité époustouflants. Enfin, les invités se pressent à la porte et foncent sur le bar. L'ambiance monte vite. Tout se passe parfaitement bien. Christel et moi, on s'éclipse discrètement.

— Je retourne au bureau, me dit-elle, rentrez chez vous, reposez-vous, et on se revoit à 19 heures.

J'ai hâte de regagner mon appartement. Je sais qu'il est vide, Alexandre a emmené les enfants au cinéma malgré le beau temps. Ça lui évite de leur trouver des occupations, me dis-je, avant de m'en vouloir pour mes mauvaises pensées.

Devant l'immeuble, je croise Thomas avec ses enfants. Il regarde ma robe et mon maquillage, impressionné. Il n'a pas l'habitude de me voir si sophistiquée.

— Je suis de mariage ! C'est pour mon travail. J'étais au cocktail, et tout à l'heure je vais au restaurant.

— C'est la fête, ton boulot, me dit-il en souriant.

Manon repousse la frange qui cache une bonne partie de son visage, mais son regard me traverse tandis qu'Hyppolite s'impatiente.

— Les enfants sont fatigués, on revient du musée d'Orsay. Et les tiens, ils sont où ?

— Au cinéma…

— Trop de chance ! remarque Hyppolite.

— Mais c'est super, le musée d'Orsay ! Ceci dit, l'unique fois où j'ai emmené Lou, elle a piqué une crise dans la salle des Van Gogh. Elle se sentait soi-disant oppressée et elle avait besoin en urgence d'un Coca à la cafétéria.

Thomas rit gentiment, mais Hyppolite le tire par le bras.

— Bonne soirée, Charlotte ! dit-il en grimpant les marches, traîné par son fils.

Manon me regarde enfin et esquisse un faible sourire.

— Très jolie, votre robe.

— Oh, merci. J'aime bien ta mini-salopette.

— Ouais, c'était à ma sœur. Mais merci quand même, dit-elle avant de partir à la suite de son père et de son frère.

Un silence exceptionnel m'accueille chez moi. Je me jette sur le canapé et m'allonge, bras écartés. Et sombre dans le sommeil.

C'est la voix suraiguë de Gabriel qui me réveille. Puis le poids de son corps qui s'écrase sur le mien, ses petits doigts poisseux qui s'agrippent à mes bras.

— Maman !

Il enfouit son visage dans mon cou, je caresse ses cheveux pendant que son souffle chatouille ma peau.

— Tu es encore là ? me demande Alexandre.

— Merde ! Quelle heure il est ?

— Plus de 18 heures.

— Et ton maquillage a coulé, m'annonce Lou.

— Merde ! je répète en me levant d'un bond, Gabriel toujours accroché à moi. Oh, ma robe est toute froissée !

À 19 heures pile, je suis miraculeusement devant le restaurant. Alexandre a repassé ma robe pendant que je me remaquillais, Gabriel enroulé autour de ma jambe pour m'empêcher de partir. Christel puis Laetitia m'y retrouvent et on entre ensemble. J'observe Laetitia. Elle n'a pas lavé ses cheveux pour l'occasion, ils sont tirés comme d'habitude en une maigre queue-de-cheval. Elle a remis une couche de son rouge à lèvres sombre et épais, ses joues sont blafardes et légèrement luisantes, et elle a son air sinistre de tous les jours. Mais je reconnais qu'elle porte une belle robe beige. Celle que Christel lui a louée, en réalité. Oui, mais avec son teint jaunâtre, c'est une catastrophe... Comment Christel a-t-elle pu lui choisir une couleur pareille ? Laetitia me fixe de son regard flippant, et je me rends compte que ma façon de la détailler l'a énervée. Elle me salue d'un murmure agressif. Je ne la sens pas trop bien, notre soirée...

Après le tour de la salle, Christel et Laetitia vont rendre visite au chef en cuisine tandis que je reste avec l'équipe de la fleuriste. Pour ses compositions florales, Éva ne voulait que du blanc. D'immenses vases contenant des bouquets de roses, de lys et d'arums blancs décorent tous les coins de la pièce ; des petites compositions délicates sont déposées sur chaque table, accompagnées de photophores, le tout saupoudré d'une pluie de pétales. Les nappes amidonnées sont recouvertes d'une superbe vaisselle blanche au liseré doré, les serviettes blanches sont artistiquement pliées, liées par un ruban personnalisé. À la demande de la mère de la mariée, qui trouvait les chaises du restaurant « communes », on a passé une commande de chaises translucides. Commande qui est arrivée en retard, et je me mêle à l'équipe de la salle pour les installer aussi vite que possible.

Le DJ règle la sono et ses jeux de lumières quand je vois entrer Édouard, le photographe. Je le connais bien : quand j'étais indépendante, on se recommandait mutuellement auprès de certains clients si l'un ou l'autre n'était pas disponible.

Pour commencer, Édouard attendra les invités devant l'entrée de la salle de réception et chaque groupe aura droit à sa photo souvenir. Ensuite, ils iront consulter le plan de table et trouveront le livre d'or que j'ai disposé. Tout est prêt.

À 19 h 30, les mariés et leurs parents font leur entrée. Christel fait un tour de la salle avec Éva, Éric et la mère de la jeune femme, qui inspecte les tables comme si elle faisait passer un concours. Le couple, qui a déjà l'air épuisé, valide tout, ravi, mais la mère s'approche de moi.

— Les fleurs, c'est une catastrophe, déclare-t-elle.

— Mais, c'est votre fille qui...

— Venez, on va les placer correctement, là, c'est n'importe quoi.

Je jette un regard désespéré à Christel, qui me fait un petit geste de la main. Le message est très clair : « Débrouillez-vous. »

En un quart d'heure, on a déplacé toutes les grosses compositions florales bien lourdes. Résultat : des bouquets quasi identiques ont été intervertis. Génial.

— Voilà ! s'exclame la mère. C'est beaucoup mieux comme ça, vous voyez ?

— Oui, oui, dis-je en me retenant de soupirer.

— Heureusement, j'ai l'œil. Ma fille est nulle.

Il est presque 20 heures. Bientôt, les premiers invités vont se presser devant les portes. Mon taux d'adrénaline s'emballe. Hé, ce n'est pas ton mariage, me dit une petite voix intérieure. Mais quand même. J'espère que tout va bien se passer.

Je fais un dernier tour des buffets et me dirige vers l'entrée. Les deux jeunes femmes qui tiennent le vestiaire sont en place. La tension monte.

C'est alors que je découvre Laetitia en grande conversation avec le photographe. Qu'est-ce qu'elle fout là ?

— Tout va bien, Édouard ? Tu es prêt ? je demande en ignorant ma collègue.

— Merci, Charlotte, mais ça va aller, me répond-elle. Va aider les invités à trouver leur place, moi je reste à l'accueil avec Édouard pour les photos.

— C'est à moi de m'en occuper, dis-je, agacée.

— Pas la peine, je suis là, maintenant, réplique-t-elle d'un ton cinglant, et son regard se durcit.

Du coin de l'œil, j'aperçois la mère de la mariée qui vient vers nous d'un pas décidé. Finalement, Laetitia a raison, je vais la laisser gérer tout ça. Je fais volte-face et me sauve vers le panneau où est affiché le plan de table.

Une demi-heure plus tard, les derniers convives sont assis et je m'avance vers Christel et Laetitia qui discutent tranquillement avec les parents du marié. J'entends alors le père les féliciter pour l'organisation et l'élégance de la salle.

— J'ai une équipe formidable, déclare Christel en posant la main sur le bras de Laetitia.

Ce soir-là, de retour chez moi un peu avant 22 heures, je suis tendue et légèrement déprimée. De manière inattendue, Christel a demandé à Laetitia de jouer les prolongations. Je ne comprends pas comment ma cheffe fonctionne. Elle se moque ouvertement de Laetitia, mais elle la fait venir à la fête et la garde jusqu'au bout. Je pensais avoir gagné son estime et sa confiance, je me serais trompée ?

Je ne veux pas qu'Alexandre se rende compte de mon état, il en a ras le bol de m'écouter me plaindre et je l'entends déjà me dire qu'il m'avait prévenue. En plus, il m'a fait une surprise : il m'attend avec une bouteille de champagne et un dîner d'amoureux.

— En quel honneur, tout ça ?

— Nous deux, m'annonce-t-il en me prenant dans ses bras pour m'embrasser, et j'oublie mes angoisses.

L'inconvénient, lorsqu'on a des enfants, surtout des enfants qui se réveillent de façon imprévisible comme Lou, c'est qu'on ne peut plus faire l'amour n'importe quand, n'importe où. Alexandre s'amuse à me porter jusque dans notre chambre, et je glousse quand il me demande de pousser la porte avec mes pieds et qu'il s'affale sur le lit en tombant lourdement sur moi. On sourit tous les deux en se déshabillant mutuellement, puis le contact de sa peau, de sa langue m'emportent.

— Eh ben... me lance Alexandre en écartant les cheveux de mon visage. C'est la fête de mariage qui te fait cet effet ?

J'ai envie de rire et de pleurer à la fois. Je l'attire contre moi et on reste longtemps enlacés. Jusqu'à ce qu'il se lève.

— Attends-moi, je reviens.

Il réapparaît quelques secondes plus tard avec le champagne et les coupes.

— Moi aussi je peux t'offrir une nuit de noces !

Il est plus de minuit lorsqu'on sort enfin de notre lit, affamés, pour aller manger le repas froid qu'Alexandre a préparé. Pieds nus, à moitié habillés, on dévore le poulet et la salade composée, et ce que les enfants ont bien voulu nous laisser de tarte aux pommes.

Quand on retourne se coucher, Alexandre s'endort presque instantanément. Et c'est là que tout me revient. Laetitia qui me parle mal, Christel qui flatte Laetitia avant de me congédier… Je ressasse en boucle les événements de la soirée. Je me tourne et me retourne dans mon lit. Les heures passent. J'entends les premiers oiseaux lorsque, enfin, je trouve le sommeil.

J'ai l'impression que je dors depuis cinq minutes quand Gabriel se jette sur moi en m'appelant, tout heureux de me voir. La journée commence.

Lundi, Christel est arrivée toute joyeuse à l'agence. Elle nous a dit qu'on avait bien bossé, samedi, et qu'elle était contente de nous. Est-ce que je me suis pris la tête pour rien, samedi soir ? Franchement ? Aucune idée.

Le soir, Lou, Gabriel et moi on fait un gâteau au chocolat. Alors qu'on le sort du four, Lou me suggère d'en apporter à Léon et Leïla. Je n'y crois pas, elle a un peu rougi ! Pendant qu'Alexandre va donner le bain à Gabriel, on descend au deuxième.

C'est Léon qui nous ouvre.

— Ma mère n'est pas encore là, nous explique-t-il.

— Tu aimes les gâteaux ?

Son visage s'éclaire.

— J'adore ça !

— C'est moi qui l'ai fait, dit Lou.

Ah oui ? Je me tourne vers elle, elle m'ignore.

Je tends une assiette bien remplie à Léon, qui semble aux anges.

— Ta mère rentre tard ? je lui demande.

— Oui, presque tous les jours. Souvent, c'est moi qui fais à manger.

— Tu es un super fils, toi ! S'il y a quoi que ce soit, même si tu te sens seul, viens nous voir, d'accord ? Quatrième droite. Promis ?

— Promis. Merci.

— De rien ! ajoute Lou avec enthousiasme.

Après le dîner, Alexandre et moi rangeons la cuisine et je lui raconte ma visite chez Leïla.

— Il est vraiment mignon, Léon, lui dis-je. Ça ne doit pas être simple pour Leïla d'élever un garçon toute seule. Tu crois qu'elle l'a adopté avant ou après son divorce ? En tout cas, elle ne partage pas la garde, le gamin est là tout le temps, week-end compris.

— De qui vous parlez ? demande Lou qui apparaît comme par magie entre nous deux.

— Laisse tomber, ma puce.

— Ce sont des histoires de grands, ajoute mécaniquement Alexandre.

— Oh, c'est bon, avec vos phrases pour les bébés, grommelle-t-elle. J'ai passé l'âge de l'entendre, celle-là.

Notre fille nous lance un regard hautain en secouant la tête. Elle a l'air de nous trouver désespérants.

— Dis donc, toi, tu nous parles autrement, réplique Alexandre.

— Vous discutiez de Léon qui est adopté, c'est ça ? continue Lou, imperturbable.

Cette gosse est irrécupérable.

— Pourquoi tu nous poses la question puisque tu connais déjà la réponse ? dis-je.

— C'est dur, pour lui, poursuit-elle. Pas de papa ni de papa adoptif, juste une maman. Même si Leïla est très sympa.

Lou fait volte-face et repart en direction de sa chambre.

— On est nuls, hein, avec elle ? dit Alexandre en soupirant. On a de moins en moins d'autorité, et elle n'a que neuf ans. On est mal barrés.

— Tu sais quoi ? On devrait quand même persévérer. Si on baisse les bras, on est morts. Et bientôt elle aura plus d'influence que nous sur Gabriel. Là, ce sera vraiment la cata.

Cette nuit, alors qu'Alexandre et moi on va se coucher, il me reparle de nos voisins.

— Tu sais, au fond, elle a raison notre petite peste. Elle est insupportable mais au moins, côté intelligence, on a fait notre boulot.

— Laisse tomber, on n'y est pour rien, en fait. Raison pour quoi ?

— Léon. Ça doit être difficile pour lui. Mais ce n'est sûrement pas simple pour Leïla non plus. Toute seule à élever un garçon. Déjà que nous, à deux, on rame. Au moment de l'adolescence, elle ne va pas s'amuser.

— Et nous avec Lou, tu y penses des fois ?

— Le cauchemar ! déclare-t-il en levant les mains au ciel. Ceci dit, Leïla risque d'en baver plus que nous.

— Ah bon ? Léon a l'air drôlement plus facile que notre fille.

— Je sais. Mais ce gosse n'a aucun modèle masculin, et j'ai entendu quelque part que les crises d'adolescence chez les enfants adoptés, c'est bien plus compliqué que chez les autres.

— Elle est vraiment courageuse, alors. Je l'aime bien, cette femme.

— Moi aussi. Même si elle est assez secrète.

— Tiens, d'ailleurs, je ne t'ai pas raconté. L'autre jour, j'étais dans l'entrée avec Thomas, le papa veuf du premier, quand Leïla est arrivée. Tu aurais entendu comment elle lui a parlé… Elle a été hyper agressive ! C'était très bizarre.

— Peut-être qu'elle n'aime pas les hommes ? Ou qu'elle est très timide ?

— Elle n'a pas du tout l'air timide. C'était hyper gênant, en tout cas. Et elle n'a pas été très sympa avec Thomas, lui qui est tellement gentil.

— Tu n'as rien pigé. Elle est folle de lui et ça la paralyse !

— N'importe quoi ! dis-je en éclatant de rire.

8

Le mois de juin touche à sa fin. Bientôt, ça fera deux mois que je suis chez « Tous en cœur ». En ce début d'été, l'activité bat son plein. Ce matin, à mon arrivée, le fils de Christel est dans notre bureau. Il est assis sur le coin de la table de Laetitia et boit un café. Il est légèrement bronzé. Impossible de ne pas le voir, il porte un débardeur bien fendu sous les bras, troué aux bons endroits, à l'effigie d'un groupe de musique que je ne connais pas. Robinson et Laetitia discutent comme deux vieux potes, ou du moins Robinson parle et Laetitia rit timidement. Le fils est-il un charmeur comme son père ? Ma collègue sinistre n'est quand même pas son genre ? Je prends brusquement conscience que le silence règne et que deux paires d'yeux m'observent.

— Oui ? Charlotte ? Tu as une question ? demande Laetitia.

— Non, pardon, j'étais dans mes pensées, dis-je.

Puis, comme chaque fois, Robinson se glisse dans le bureau de sa mère avant d'en ressortir cinq minutes plus tard, de nous saluer puis de partir en claquant la porte.

— Il ne reste jamais bien longtemps, fais-je remarquer à Laetitia.

Elle me jette un regard vide.

Ce matin, je suis de bonne humeur. À 11 heures, je reçois un traiteur avec qui j'aimerais démarrer une collaboration. Il m'a apporté des échantillons de gâteaux de mariage et des petits-fours.

Il ouvre son carton et je découvre des pâtisseries de toutes les formes, du macaron en forme de cœur au cupcake flashy, le tout dans une impressionnante palette de roses.

— Goûtez, Charlotte, me dit-il en me tendant la boîte.

— Je ne sais pas quoi choisir, ça a l'air tellement bon, et ils sont trop jolis !

Je sens un regard peser sur moi. Laetitia. Je sais ce qu'elle pense : je suis bien trop cool avec ce prestataire, je lui fais des compliments avant même d'avoir essayé ses produits. Quel rabat-joie !

— Prenez celui-là, alors, suggère le traiteur en indiquant du doigt un mini-éclair couleur parme. Et essayez de deviner le parfum.

Je mords dedans. Ce petit truc a un goût sucré tout droit sorti de l'enfance mais je n'arrive pas à l'identifier.

— Ça me dit quelque chose...

Le traiteur m'observe en souriant.

— Alors ? Vous donnez votre langue au chat ? Oui ? Non ?

— Allez, dites-moi.

— Barbe à papa.

— Ah mais oui, bien sûr !

Je me tourne vers Laetitia.

— Tu veux goûter ?

Elle s'approche de nous et se penche au-dessus du carton.

— Très rose, quand même, dit-elle en attrapant un mini-fraisier. Mmm, c'est bon, je dois dire.

— Prenez-en un autre, insiste le traiteur.

— Ne vous inquiétez pas, on va tout manger et je vous ferai un retour détaillé ! dis-je, ravie.

Après son départ, Laetitia et moi on se jette sur les gâteaux en poussant des petits cris de bonheur.

— Ce n'est pas un peu kitsch, quand même ? remarque Laetitia, la bouche pleine.

— Si, c'est vrai, c'est écœurant de rose mais qu'est-ce que c'est bon !

Elle se met à rire avec moi.

Je n'en reviens pas lorsque, à 13 heures, elle me propose d'aller déjeuner au parc.

On passe à la boulangerie de la place de la mairie où je m'achète un gros sandwich, puis on entre aux Buttes-Chaumont.

— Par là, me dit Laetitia, j'aime bien m'asseoir au bord du lac.

On trouve un banc inoccupé face à l'étendue d'eau et Laetitia sort d'une mini-glacière un Tupperware contenant une salade de pâtes. On mange en silence en observant les canards et les passants.

— Christel m'a dit que tu travaillais dans le cabinet de l'expert-comptable, avant qu'elle y installe son agence ?

— Oui, M. Leblond. J'avais vingt-trois ans quand je suis arrivée, et j'y suis restée. C'était un homme sérieux et honnête, un patron juste. Je m'y sentais bien.

— Et tu n'as pas eu envie de trouver un autre cabinet, après ?

— C'était mon idée, oui. Parce que quand mon ancien patron m'a proposé de postuler dans une agence de mariage… ça m'a paru complètement ridicule. Il a insisté, il m'a dit que j'avais toutes les chances de m'y faire une bonne place. Je lui ai ri au nez. Et puis j'ai rencontré Christel.

Laetitia mastique sa salade, les yeux dans le vague.

— Et… ? je demande.

Elle se tourne vers moi.

— Et quoi ?

— Et donc tu as rencontré Christel. Que s'est-il passé, ensuite ?

— Elle était… tellement spéciale. Impressionnante, belle. Elle dégageait une énergie incroyable.

— Je suis d'accord avec toi, elle a beaucoup de charisme.

Laetitia ne semble pas m'avoir écoutée. Elle poursuit :

— Je me suis dit que ce serait fabuleux de travailler pour une personne comme elle, qu'elle m'apprenne le métier.

— Et l'aspect mariages, ça ne te dérangeait plus trop, finalement ?

— Avec Christel, tout avait l'air de prendre son sens, tu comprends ?

Je hoche la tête mais je ne la suis plus trop. De nouveau, je trouve son attachement à notre cheffe un peu trop exalté.

Ce soir, juste avant 20 heures, Leïla sonne à la porte. Lou a insisté pour que Léon attende sa mère chez nous. Si on écoutait ma fille, il serait à la maison tous les soirs. J'ai fait dîner les enfants et j'attends Alexandre, parti à sa salle de sport, pour manger avec lui.

— Je t'offre un verre ?

— Merci, répond Leïla avant de s'effondrer dans le canapé.

— La journée a été dure ?

— Je préfère ne pas en parler.

— Ah. Je vois.

On se jette sur les bretzels et Leïla vide d'un trait la moitié de son verre.

— En fait, j'avoue, c'est vraiment hard, au boulot. La boîte a été rachetée par un fonds d'investissement américain. Elle allait déjà mal, on n'avait pas besoin de ces vautours. Ils nous pillent et nous laissent crever.

Leïla se ressert une poignée de bretzels.

— Plus aucun investissement, poursuit-elle, les gens qui partent ne sont pas remplacés, sauf aux postes de direction. Là, quand ils ne se tirent pas, on les vire. Je ne te dis pas l'ambiance : chaque jour l'annonce d'un départ fracassant, puis l'attente de savoir qui sera le prochain sur la liste. Et on se dit : après les cadres dirigeants, à qui le tour ? En attendant, le fonds d'investissement balance à la direction des gars à eux qui ne connaissent rien à la boîte et qui se dépêchent de faire de nouvelles économies. Avec tout ça, tu imagines un peu le stress ?

— Tu as peur pour ton travail ?

— Qu'ils me virent, je n'en peux plus ! Mais je ne suis pas assez importante ou bien payée pour ça. Enfin, pas pour le moment…

— Tu cherches ailleurs ?

— Je n'en ai pas l'énergie. Et puis ça ne va pas être simple, j'ai quarante-six ans, je suis sénior : trop vieille et trop chère.

— Eh ben, dis-je avant de finir mon verre et de nous resservir.

On reste silencieuses un instant puis je décide de changer de sujet.

— Dis-moi, tu as un souci avec le voisin du premier ? Thomas ?

— Non, pourquoi ?

— Quand on s'est croisés dans l'entrée, il avait l'air de t'énerver…

— Ah bon ? Non, pas du tout.

— Il t'a fait un sourire et toi tu lui as répondu d'un ton bien cassant.

— Tu es sûre ? Je n'ai rien remarqué.

— Ah, je pensais que tu lui en voulais à mort pour quelque chose.

— Mais non, pas du tout… Oh, la honte. En fait, je me souviens juste que j'étais fascinée par ses yeux, dit-elle en souriant, malicieuse.

— Qu'est-ce qu'ils ont ?

— Tu as vu comme ils sont beaux ? Ce mélange de brun, de vert et de doré… Sublime.

— Franchement, quand tu lui as demandé si la guitare de Léon le dérangeait, il n'avait pas l'air de te fasciner.

— Quelle cata. Je tire la tronche et je ne m'en rends même pas compte. C'est à cause du boulot, je suis à cran tout le temps. Comment je peux me faire pardonner, tu crois ?

— Je ne sais pas, va lui parler. Va le voir.

— Oh, non, pas maintenant. Pas après ce que j'ai fait.

— Il est adorable ! Il sera ravi.

Leïla croque dans son bretzel d'un air songeur. Alexandre n'a peut-être pas tort. Thomas lui plaît bien.

9

Depuis notre déjeuner au parc, la relation entre Laetitia et moi a changé. Un semblant de lien amical s'est créé, ou au moins une certaine détente. Malgré mes doutes, ces derniers temps, je pense que j'ai bien fait d'être patiente avec elle et de ne pas être rentrée dans son jeu. Et le point positif, c'est qu'elle est beaucoup moins tatillonne sur mes dossiers. Les commentaires désagréables et les modifications à apporter ont diminué.

Hier, deux semaines après notre premier pique-nique aux Buttes-Chaumont, Laetitia m'a proposé de retourner déjeuner avec elle. Aujourd'hui, juste avant 13 heures, je vais chercher dans le réfrigérateur mon Tupperware (je m'y suis mise, moi aussi).

— Tu prends le mien ? me demande Laetitia. Je passe aux toilettes et j'arrive !

En déposant son déjeuner sur son bureau, mon œil est attiré par un ticket avec un dessin assez gothique. Un nom de groupe que j'ai du mal à déchiffrer.

Triptykon. Je lève le nez vers la porte de notre petite salle de bains. Pas un bruit. Je prends le billet pour le regarder de plus près. Il y en a deux. Pour un concert vendredi. Je remets tout en place. Triptykon ? Ce n'était pas le nom du groupe sur le débardeur de Robinson ? Alors c'est ça qu'ils ont en commun et dont ils discutent ? Robinson et Laetitia sont des amateurs de metal ? Raison pour laquelle elle est toujours en noir ? Enfin, elle a quand même un côté vieille fille qui détonne avec ce style de musique. Ou alors je suis pleine de préjugés ?

Je me dépêche de poser son Tupperware et file m'asseoir derrière ma table de travail.

— On y va ? me dit-elle en revenant.

Sur le chemin, je me demande si je peux la questionner sur ces billets de concert. Ils étaient quand même bien en évidence. Mais elle est tellement bizarre et secrète, je ne voudrais pas qu'elle le prenne mal.

Aujourd'hui, Laetitia a l'air plus gaie que d'habitude, plus légère. Une fois nos salades terminées, elle se lève.

— On fait le tour du lac avant de rentrer ?

— D'accord.

Le soleil est chaud sur notre peau, en ce tout début d'après-midi. Bien qu'on soit en semaine, les promeneurs sont nombreux. Tout en haut du parc, j'aperçois le belvédère et les touristes qui admirent la vue. Sur le pont suspendu des enfants sautent à pieds joints en riant. Je pense que j'ai trouvé un biais pour faire parler ma collègue.

— Tu fais quoi, ce week-end ? je lui demande.

— Plein de trucs. Et je vais à un concert.

— Ah bon ? Tu vas écouter quoi ?

— Un groupe de rock.

— Tu es une fan de rock, toi ?

— Moi, non.

— Tu n'aimes pas ça mais tu...

— Laisse tomber. Allez, on se grouille, Christel déteste quand on traîne après le déj.

Ce soir-là, je raconte à Alexandre mes incroyables découvertes sur Laetitia.

— Je te jure, j'ai vérifié, c'est un groupe de heavy metal. Laetitia ! Du heavy metal ! Et elle va les écouter en concert, en plus. Mais tu verrais son look !

— Charlotte ! Arrête ! Tu t'entends parler de ta collègue ?

— Mais Al...

— Quand je pense à tous ces mois où tu m'as emmerdé à cause d'elle, à te morfondre parce qu'elle ne t'aimait pas, et maintenant que c'est fait, tu te fous de sa gueule !

Je n'arrive pas à le croire ! Alexandre se fâche contre moi à cause de mes plaisanteries sur Laetitia.

— Mais calme-toi ! Je ne me fous pas d'elle, je suis juste hyper surprise, c'est tout.

— Stop ! C'est bon, tu vas encore t'enfoncer.

— OK. J'en ai marre. Je sors. Je vais faire des courses, ça m'aérera. À plus tard.

— C'est ça, va prendre l'air. Non, franchement...

Dépitée, j'attrape mon sac, mes clés et je quitte l'appartement en claquant la porte.

Alors que je dévale l'escalier, la gorge serrée, je trouve Thomas sur son palier.

— Il n'y a plus rien à manger chez moi, je file chez Picard, m'explique-t-il.

On descend l'avenue Laumière et je le mitraille de questions pour oublier ma dispute avec mon mari. Il me répond volontiers, puis, sur une impulsion, je lui demande :

— Sinon, ça se passe bien avec ta voisine du dessus ?

— Leïla ? Oui, ça va. En fait, je crois qu'elle ne m'apprécie pas beaucoup, dit-il en se tournant vers moi.

Je scrute alors ses yeux. Leïla a raison, ils sont magnifiques. Profonds et tristes à la fois, et d'une couleur indéfinissable. Comment j'ai fait pour ne pas les remarquer ? Je suis aveugle !

— Charlotte ?

— Oui ! Pardon ! Non, pas du tout. Enfin, elle est juste à cran, en ce moment. Ça se passe mal à son travail mais sinon elle n'a aucun problème avec toi.

— Comment tu le sais ?

— Eh bien, parce que... parce qu'elle m'a dit qu'on l'avait peut-être trouvée agressive, le jour où on l'a croisée, mais en fait il ne faut pas le prendre pour nous.

— Ah, très bien, ça me soulage. Excellente nouvelle !

J'observe Thomas. Et si Leïla lui plaisait aussi ? Cette idée, j'avoue, me rend triste. Une belle histoire d'amour est peut-être en train de naître et je n'en suis pas l'héroïne. Leïla a bien de la chance, Thomas est gentil, sensible et séduisant. Moi, en attendant, je vis la pire période de mon mariage avec Alexandre, tout ça à cause de mon fichu boulot. Mais ça suffit : je n'ai pas envie de devenir une pauvre fille amère, jalouse du bonheur des autres. Je m'arrête devant la boulangerie du bas de l'avenue et décide d'acheter quelque chose qui fera plaisir à Alexandre pour me rattraper.

Le lendemain, en arrivant au bureau, je m'amuse à détailler Laetitia : lèvres peintes serrées, cheveux tirés, chemisier boutonné jusqu'en haut, concentrée devant son ordinateur. Et vendredi, elle va hurler au son du heavy metal. Bon. Après tout, je n'y connais pas grand-chose.

Ma collègue quitte son écran des yeux.

— Salut, Charlotte.

— Salut, ça va ?

— J'ai un gros boulot à faire pour Christel. Elle a un rendez-vous et elle a besoin d'un tas de documents comptables. Je me demande pourquoi...

— Elle a rendez-vous avec qui ?

— Gilbert Benamou. Un grand ponte de l'événementiel.

À cet instant, elle se précipite sur son téléphone portable.

— Pardon, il vibre... Oui ? Coucou, toi...

Elle me jette un regard gêné puis baisse le ton, un ton incroyablement sensuel. Je pense à ce terme désuet, « roucouler ». Oui, Laetitia, l'austère Laetitia roucoule en mode sexy. Fascinée, je détourne pourtant mon regard devant les petits coups d'œil gênés qu'elle me lance.

— Oui, à vendredi, amour. Mais oui, je serai là. Bisous. Bisous. Oui, bisous partout.

Non mais je rêve ! Bisous partout ?

La porte d'entrée s'ouvre et Christel pénètre dans l'agence, suivie par un homme d'à peu près son âge.

— Gilbert, je vous présente Laetitia, ma comptable, dit-elle en se plantant devant le bureau de ma collègue.

La pauvre redescend brutalement de son nuage rose. Elle dissimule mal à quel point elle est choquée, elle qui se considère comme une directrice financière. Pourquoi est-ce que Christel la rabaisse tout le temps ? Juste après le mariage où elle m'avait virée pour garder Laetitia, je me serais réjouie de la situation. Mais là... tout se passe enfin bien entre nous.

Gilbert Benamou lui jette un bref regard indifférent. Puis notre cheffe pivote vers moi.

— Et je vous présente notre dernière recrue, Charlotte ! Elle était photographe et décoratrice avant que j'arrive à la persuader de venir travailler avec nous, explique-t-elle.

M. Benamou se dirige vers moi.

— Et ce changement de carrière vous plaît ? demande-t-il.

— Énormément ! Je rencontre plein de gens passionnants et j'apprends beaucoup.

— Vous êtes à bonne école, dit-il en lançant un regard admirateur à Christel.

Elle rit avec coquetterie avant de se tourner de nouveau vers Laetitia.

— Tu me donnes les documents que je t'avais demandés ?

Laetitia lui tend les dossiers qu'elle a préparés avec le plus grand soin depuis la veille, puis Christel entraîne M. Benamou dans son bureau.

Un silence pesant règne dans la pièce. Laetitia a repris sa tête des mauvais jours et je ne vais pas lui demander comment elle se sent après cette humiliation.

Une heure plus tard, Christel et son hôte ressortent.

— Alors, à très bientôt, mesdames, dit-il en nous adressant un large sourire.

Christel, radieuse, le conduit jusqu'à la porte d'entrée puis retourne dans son bureau sans nous prêter aucune attention.

— Qu'est-ce que ça veut dire, « à très bientôt », d'après toi ? je lui demande.

— Charlotte, on a du boulot, me répond-elle sèchement.

10

La visite de Gilbert Benamou a été un coup dur pour ma relation avec Laetitia. Christel l'a non seulement blessée, mais elle m'a aussi mise en avant. J'avais tellement ramé pour gagner son amitié ! L'amoureux et la soirée heavy metal n'y peuvent rien, Laetitia est redevenue sinistre. Elle parle de nouveau beaucoup toute seule en grognant et recommence à me fixer méchamment. Merde, je n'y suis pour rien !

Aujourd'hui, alors que je pars déjeuner chez moi, elle se lève à son tour pour sortir manger sa salade au parc. On se retrouve toutes les deux sur le trottoir.

— Tu vas aux Buttes ? je lui demande, histoire d'engager la conversation.

— Où tu veux que j'aille ?

— Je peux marcher avec toi ? Je vais chez moi.

— Si tu veux.

On chemine un moment en silence avant de traverser la rue Manin et d'entrer dans le parc.

— Laetitia, je voulais te dire… Tu sais, quand M. Benamou est venu à l'agence… En fait, je ne comprends pas pourquoi Christel t'a présentée comme sa comptable alors que tu représentes tellement plus, à l'agence.

Laetitia se tourne vers moi et me lance un regard bouleversé.

— Parfois, elle me traite comme si je n'étais rien pour elle.

— Mais tu sais bien que tu comptes énormément, au contraire. Après toutes ces années de collaboration…

— Pourtant, toi tu viens d'arriver, et regarde comment elle a été avec toi !

— C'était peut-être stratégique. Va savoir ce qu'elle prépare avec cet homme.

— Elle m'a fait du mal, en tout cas.

— Je suis désolée, je ne sais pas quoi dire.

— Pas grave, ça passera, dit-elle en soupirant.

— Bon, j'habite juste là, dis-je quand on arrive devant la sortie située en face de ma rue.

Elle a tellement l'air abattue que, sans réfléchir, je lui propose :

— Tu veux monter manger ton sandwich avec moi ?

— Oh, d'accord, pourquoi pas ?

Je tape le code de l'entrée pendant qu'elle patiente derrière moi.

— Il est beau, ton immeuble. Et bien sécurisé. Code, Interphone, deuxième porte...

— Et on a une gardienne.

— Et un ascenseur. Quelle chance !

— Je ne le prends pas, il est trop étroit. Ça t'ennuie de monter à pied ?

— Pas du tout. J'ai l'habitude. Là où j'habite, il n'y en a pas.

Je déverrouille la porte et laisse Laetitia entrer dans l'appartement.

— Fais attention, il y a peut-être des jouets qui traînent par terre.

Dans le salon, Laetitia s'approche des photos encadrées de Lou et de Gabriel accrochées au mur.

— Ce sont tes enfants ? Un garçon, une fille, la famille parfaite. Et lui, c'est ton mari ?

— Oui, Alexandre.

— C'est toi qui l'as photographié ?

— Oui. Tiens, tu peux poser ton déjeuner sur la table de la cuisine, je vais me préparer un truc. Tu veux boire quoi ?

Elle me demande où est la salle de bains, dans laquelle elle me paraît rester une éternité.

— Tu me montres les autres pièces, avant qu'on déjeune ? dit-elle en revenant enfin. Je suis curieuse, je sais, mais j'aime bien visiter les appartements !

Elle me lance un sourire presque charmant. C'était une bonne idée de l'inviter, j'ai l'impression qu'elle se décoince à nouveau.

Dans notre chambre, elle se dirige vers la fenêtre et regarde dans la cour.

— Tu as du bol d'habiter ici. Moi j'ai un petit studio aux Lilas, c'est tout ce que je peux me payer, avec mon salaire.

Je sens mes joues qui rougissent. Je ne sais pas pourquoi je culpabilise d'être si privilégiée.

— C'est cher, ici, le loyer ?

— En fait, on est propriétaires, dis-je et, sentant le besoin de me justifier, je poursuis : Mais Alexandre et moi, on a fait un gros emprunt et nos parents nous ont aidés. C'est toujours plus facile, quand on est deux.

— Quand on a des parents qui ont les moyens aussi. Ce qui n'est malheureusement pas mon cas.

Alors qu'on pique-nique dans la cuisine, Laetitia reprend :

— Au fait, tu les achètes où, tes robes ? Je te demande ça pour le prochain mariage.

Le prochain mariage ?

— De quoi tu parles ?

— Ben, celui de Marine et Quentin.

Première nouvelle, Laetitia vient aussi. Qu'est-ce que ça veut dire ? Je ne fais pas le job, ou elle a réussi à s'incruster définitivement ?

Je me racle la gorge.

— Je les trouve tout près d'ici, avenue Secrétan. Il y a des boutiques qui ont de jolies choses.

— Tu pourrais me noter les adresses ? Je voudrais que Christel arrête de me louer des tenues. Je ne suis pas une pauvresse, quand même.

J'ai du mal à cacher ma contrariété. En tout cas, cette fois, Laetitia aura intérêt à me parler correctement, sinon elle va me trouver.

Ce soir, quand je passe chercher Gabriel à la garderie puis Lou à l'étude, ma fille m'annonce que Léon vient avec nous. Je ne suis pas surprise : depuis qu'elle a insisté pour qu'on lui apporte une part de gâteau, elle l'invite tout le temps.

C'est si étrange de la voir fascinée par un garçon, elle qui est tellement dure envers les enfants de son âge. Avant, en rentrant de l'école, elle allait sonner chez Alphonse, qui avait plus de quatre-vingts ans, ou chez Margaux. Ma fille prendrait-elle le chemin de la normalité ? Par contre, elle refuse toujours d'aller chez Léon. Pour elle, ça reste l'ancien appartement d'Alphonse et c'est encore trop douloureux.

Alors que les enfants sont dans leurs chambres, on sonne à la porte. J'entends Lou protester :

— Oh non ! Pas ta mère ! C'est trop tôt !

C'est en fait Hyppolite et sa baby-sitter. Le regard triste et timide du petit garçon me fend le cœur.

— Je suis désolée de vous déranger, mais Thomas m'a dit que si j'avais un problème je pouvais venir sonner chez vous, me dit la jeune fille.

— Qu'est-ce qui se passe ?

— Ben c'est l'heure, je dois y aller, mais ni Thomas ni Manon ne sont rentrés.

— Ne vous inquiétez pas, Hyppolite peut rester ici. Laissez juste un mot pour les prévenir qu'il est chez moi.

Me voici maintenant avec quatre enfants dans mon petit appartement. Gabriel est heureux d'avoir Hyppolite avec lui, puisque Lou et Léon lui interdisent toujours de rester avec eux.

Un peu avant 19 heures, je me demande si je vais faire prendre une douche aux deux petits, mais quelqu'un sonne à la porte. C'est Manon.

Comme son frère, Manon est petite pour son âge. Elle a treize ans mais on pourrait lui en donner onze. Gracile et, visiblement, pas encore formée, elle cache son visage derrière le rideau de ses longs cheveux châtains. Quand elle les repousse pour me parler, je la détaille avec curiosité : menton pointu, nez fin, bouche en bouton de rose, immenses yeux sombres. Son regard est troublant, à la fois intense et dur. Elle ressemble beaucoup à son père.

Tandis qu'elle m'explique que son cours de théâtre a fini en retard, je remarque qu'elle s'exprime très bien, sans hésitation ni timidité. Rien de surprenant, finalement, quand je repense à ce que m'a raconté Thomas pendant nos matinées du samedi au parc avec nos fils. Manon est une fan de lecture et elle est excellente en classe. À mon avis, elle a une personnalité bien plus forte qu'elle n'en a l'air. C'est un drôle de personnage, cette petite Manon : on a envie de la prendre dans ses bras tout en ayant peur de se faire rembarrer.

La voilà qui me fixe et qui ne parle plus. Depuis quand ? Merde, je suis repartie dans mes pensées.

Je me retourne brusquement et appelle les garçons :

— Gabriel ! Hyppolite, ta sœur et là !

Bien sûr, personne ne répond.

— Entre, Manon, on va aller les chercher dans la chambre de Gabriel.

Après avoir retrouvé les deux petits cachés dans la penderie en train de ricaner, on raccompagne Manon et Hyppolite sur le palier.

— Manon, dis à Thomas que je peux garder ton frère en cas de souci, d'accord ?

— Merci, madame.

— Appelle-moi Charlotte.

Elle repousse de nouveau ses cheveux, puis un joli sourire éclaire ses yeux.

— À demain, Hyppo ! claironne Gabriel.

20 heures. Je finis de faire dîner les enfants quand la sonnerie retentit encore une fois. Leïla.

— Désolée, Charlotte, je crois que je vais te payer une pension pour Léon !

— T'inquiète, ton fils est un ange et il fait du bien à Lou.

— Ce n'est pas une raison. Bon, je meurs de faim, je vais aller me préparer un truc.

— C'est ça le problème, depuis que Lou kidnappe ton fils tous les soirs, il ne te fait plus de petits plats, lui dis-je en riant.

— Ne dis à personne que j'exploite mon gamin ! répond-elle.

Leïla me fait un grand sourire, et je me rends compte que c'est la première fois que je la vois détendue.

11

Quand on sonne à la porte, le lendemain soir, je me demande quel enfant va encore débarquer à la maison. C'est Thomas. Il est en costume-cravate. D'une main, il tient son attaché-case, de l'autre, un gros bouquet de pivoines. Il ressemble à une pub pour le recrutement de cadres dans les grosses boîtes, ou pour une appli de rencontres sénior.

— Tiens, Charlotte, je voulais te remercier de t'être occupée d'Hyppolite.

— C'est pour moi ? dis-je, et je suis tellement touchée par son geste que je me sens rougir. Il ne fallait pas, c'était super de l'avoir à la maison ! Et tu sais qu'il peut venir quand il veut, et chaque fois que vous aurez un problème de garderie. On a déjà Léon presque tous les soirs, je peux même récupérer Hyppolite à l'école quand sa baby-sitter ne...

— Merci, Charlotte, merci, m'interrompt-il en levant les mains. C'est très gentil de ta part.

Il me sourit, mais je pense qu'il se fiche un peu de moi. Je parle trop, c'est ça ?

— Normalement, on est très organisés, je t'assure, poursuit-il.

Je respire les fleurs, elles sentent tellement bon.

— Je te laisse. Merci encore !

— Bonsoir, Thomas.

Leïla ne doit pas laisser filer un homme pareil, me dis-je en plongeant le nez une nouvelle fois dans le bouquet.

Je la croise quelques jours plus tard avenue Laumière et on fait ensemble le chemin jusqu'à la maison.

Comme elle évoque ses difficultés, parfois, à élever seule son fils, j'en profite pour lui demander si son ex-mari ne peut pas l'aider.

— Il n'a aucun lien avec Léon, je l'ai adopté après mon divorce.

— Ah, je comprends. Mais, et ta famille ?

— Ils sont présents, c'est vrai : mes parents, mes sœurs et mon frère vivent tous dans la région. Ils aiment bien Léon, même s'ils le trouvent un peu trop discret. On est des Méditerranéens, tu comprends ! Et Léon est tellement calme et silencieux... Ils ont du mal à le comprendre. Et lui, il est habitué à la solitude, à notre petite vie à deux.

— Tu as gardé contact avec ton ex ?

— Surtout pas ! Ça s'est plutôt mal terminé, me dit-elle, et son regard se voile.

Je meurs d'envie de lui demander ce qu'il s'est passé, mais on est devant notre porte d'entrée et je me vois mal insister. Tant pis, ce sera pour une autre fois.

Aujourd'hui, Christel nous fait un dernier point sur le mariage qu'on organise le week-end prochain, celui de Marine et Quentin, un jeune couple de vingt-cinq ans, mais aussi celui où Laetitia a réussi à s'incruster. Cette fois, on quitte Paris pour une jolie ferme aménagée à une quarantaine de kilomètres d'ici. Je vais assister à ma première union laïque ! Au moins, Laetitia va me servir à quelque chose : elle m'emmènera sur place avec sa voiture.

Elle est d'ailleurs très fière d'annoncer à Christel que cette fois elle n'a pas besoin de location de vêtements.

— Regardez ce que je me suis acheté !

Elle déplie une robe en soie bleue qui ressemble beaucoup à celle que je portais pour le mariage d'Éva et Éric : elle est cintrée, avec un grand décolleté. Pendant que Laetitia la tient à bout de bras pour nous la montrer, Christel l'observe, dubitative.

— Ma pauvre Léti, une robe cintrée, tu es sûre ? Avec tes formes... Et cette couleur ? J'ai toujours pensé que les couleurs claires t'allaient mieux. Enfin, on fera avec. Mais alors avec une bonne dose de maquillage, hein ?

Laetitia est blême. Christel est vraiment infecte avec elle. Après notre petite réunion, je chuchote à ma collègue :

— Elle est très bien, ta robe. Christel est habituée à décider pour toi, laisse-lui le temps de s'adapter à ta prise d'indépendance.

— Je ne suis pas une gamine, quand même.

— T'inquiète, tu seras super, samedi prochain ! Tu vas bien te maquiller et puis, pour tes cheveux, si je peux te donner un conseil : ne les tire pas autant. Tu as un joli visage ; il faut le dégager, d'accord, mais avec délicatesse. Ça rend les traits plus doux, si ta queue-de-cheval est souple.

— C'est bon, j'ai compris. J'irai chez le coiffeur samedi matin, dit-elle en soupirant.

— Excellente idée !

Laetitia me regarde, vexée.

— Tu peux bien te faire chouchouter un peu, non ? dis-je pour me rattraper.

Vendredi soir, en rentrant à la maison, je croise Margaux et Markus qui sortent boire un pot. Markus m'apprend qu'il a une nouvelle voisine de palier.

— Une jeune, elle s'appelle Hermine, elle a l'air très cool. Et archi discrète.

— Margaux, ça doit te faire plaisir, lui dis-je, toi qui en as tellement bavé avec tes ex-voisins.

— Ah, les Marchand, le cauchemar…, intervient Markus.

— Je m'en veux encore, dis-je. On a vraiment été aveugles, hein ? Margaux, tu sais ce qu'ils sont devenus ?

— J'ai eu des nouvelles de Perla grâce à mon oncle. Elle a récupéré la garde de son fils et elle va bien.

— Super nouvelle ! Ton oncle la voit de temps en temps ?

— Oui, Aurélien a décidé de la prendre sous son aile. Il culpabilisait tellement à cause de son vieux pote, Édouard Duquesnes. Ce type bosse à la préfecture et je suis persuadée qu'il trempait dans des affaires de trafic humain. C'est lui qui avait fait venir Perla. Et aussi Teresa, vous vous souvenez ?

— Évidemment. La pauvre gamine. Elle est où, d'ailleurs ? Vous avez une idée ?

— Non, Aurélien a bien essayé de demander à Perla, mais elle a dit qu'elle ne savait rien. Il y a des choses, de toute façon, qu'on ne saura jamais. En tout cas, son pote de la préfecture a bien couvert son trafic. Il est intouchable. Mon oncle lui faisait une confiance absolue, il est dégoûté.

— Il n'y a vraiment rien à faire ?

— Je ne sais pas. Je crois qu'Aurélien prépare un truc. Il ne supporte pas l'injustice, mon oncle. Mais il ne me dira rien, il trouve que j'ai eu assez d'ennuis comme ça.

— Alors là, il n'a pas tort, répond Markus. Bon, c'est pas tout ça, je prendrais bien une petite bière. On y va ? Bonne soirée, Charlotte !

Alexandre est à la maison avec Gabriel. Lou et Léon sont montés écouter Victoire.

— Leïla n'est pas rentrée, j'imagine ?

— Si, je crois. Elle avait très mal à la tête, m'a dit Léon.

— Je vais passer la voir.

Leïla a les traits tirés et l'air épuisée.

— Mauvaise semaine ?

— Gagné.

— Viens, on va retrouver les enfants au sixième. Cet endroit, c'est le meilleur des antistress !

— Sûrement pas, Guy va encore rappliquer en nous entendant monter. Ce type me suit à la trace, c'est presque du harcèlement. Et son chien est fou de Léon.

— C'est Elvis qui va être jaloux.

— Elvis, c'est qui celui-là ?

— Laisse tomber. On va prendre l'ascenseur, ce sera plus discret.

Les enfants, assis sur les petites chaises en plastique, discutent à voix basse. À notre entrée, leur expression ravie disparaît. Qu'est-ce qu'ils sont blessants et ingrats, ces préados.

Leïla et moi, on s'assoit sur les deux autres chaises, devant les enfants, pour écouter la fin du morceau de Victoire qui nous lance un petit sourire par-dessus son instrument. Puis elle ferme les yeux et je contemple ses doigts courir sur le manche. Ses gestes sont harmonieux et pleins de grâce. C'est beau à regarder. Je n'ai aucune idée de ce qu'elle joue – je n'y connais rien – mais c'est très romantique et j'ai l'impression que son violon nous raconte une histoire, qu'il nous parle. Je suis fascinée, Leïla aussi. Lou, elle, a décroché. Je me doute bien que si elle vient ici, c'est pour suivre Léon. Son grand copain s'est découvert une passion pour le violon.

Victoire a terminé. Elle reste un instant les yeux clos, on dirait qu'elle reprend son souffle. Puis elle les ouvre et nous sourit.

— *Sonate pour violon et piano en sol mineur* de Claude Debussy. *Allegro vivo.*

Elle nous fait une révérence et Leïla et moi, on l'applaudit ; Léon crie bravo et, à ma stupéfaction, Lou se met à siffler comme un vrai supporter.

— Vous voulez la suite ?

— Oui ! crient les enfants.

Ah bon ? Lou est folle de Léon à ce point ? Je suis choquée. Jusqu'à présent, elle ne venait jamais écouter Victoire et détestait la musique classique. C'est beau, l'amour.

— *Intermède.* Fantasque et léger, annonce Victoire en repositionnant son instrument sous son menton. Et si vous êtes sages, vous aurez le droit au dernier mouvement.

Elle nous lance un clin d'œil et le mini-concert reprend. C'est envoûtant.

Un quart d'heure après, son morceau s'achève, elle range son violon et vient s'asseoir avec nous. On se serre dans la toute petite pièce encore encombrée.

— Leïla, je crois que tu devrais inscrire ton fils à des cours de violon. Tu en penses quoi, Léon ? demande Victoire.

— Il fait déjà de la guitare ! s'écrie Leïla.

— Mais j'adore le violon, répond son fils.

— Il peut toujours venir me voir un jour et on essaiera, dit Victoire. C'est rare de voir des gamins que ça intéresse. Et puis s'il a fait de la guitare, ça l'aidera. Moi aussi, j'avais commencé par la guitare.

— Bon, d'accord, on verra ça, répond Leïla.

— Au fait, j'ai croisé Margaux et Markus, tout à l'heure. Il paraît qu'on a une nouvelle voisine à la place des Marchand. C'est au cinquième, dis-je à l'attention de Leïla.

— Je sais, intervient Victoire. Je suis allée la voir pour le violon, elle m'a dit que ça ne la dérangeait pas du tout.

— Et tu l'as trouvée comment ?

— Bof. Pas très intéressante. Gentille mais effacée.

— Du moment qu'elle est sympa et discrète, moi ça me va, dis-je. Mais si tu continues tes concerts, il va falloir qu'on fasse plus de place. Regarde, tu ne peux même pas t'asseoir correctement avec nous.

— On ne peut pas virer tout ce bazar ? demande Leïla.

— Les souvenirs du passé de notre cher Guy ? Tu rêves ! répond Victoire. J'ai déjà eu un mal fou à ce qu'il fasse de la place pour le violon et les chaises.

— Mais si, regarde, dis-je.

Je me lève et pousse un vieux meuble de rangement en bois sur lequel s'empilent des cartons.

— Si on le met un peu plus loin, on dégage un coin du mur. Tu gagneras de l'espace pour les chaises.

Léon vient m'aider et, à nous deux, on déplace le meuble et son chargement d'un demi-mètre.

— Tiens, c'est quoi ? demande Lou en s'approchant du mur. Un jeu de morpion ?

Je la rejoins.

— Non, on dirait un calendrier avec des croix que quelqu'un a gravées...

— C'est dingue ! Ce sont sûrement les petits garçons cachés qui ont fait ça pour compter les jours. Cette pièce est chargée, j'en ai des frissons, dit Victoire en se frottant les bras.

À cet instant, la porte s'ouvre et Gordon entre en remuant la queue. Il fonce directement sur Léon pour lui faire la fête et le garçon lui caresse la tête. Victoire chuchote frénétiquement :

— Remettez tout en place, Guy va rappliquer !

On tire sur le meuble pour cacher le mur et son dessin étrange. Leïla nous observe, stupéfaite.

— Il ne veut pas qu'on touche à ses affaires, murmure Victoire, et la dernière fois qu'on l'a fait, on a trouvé une petite boîte avec des jouets dans un coin de la cheminée. Le pauvre, il a fait une de ces têtes… Je ne veux pas revoir ça.

— Bonjour, bonjour, belles dames ! lance Guy en entrant. Jeune homme, ajoute-t-il à l'attention de Léon.

On a tous un air coupable, il va deviner…

— Guy ! s'exclame Victoire, charmeuse.

Elle entoure chaleureusement ses mains des siennes et je soupire de soulagement.

— Désolée, le concert du jour est terminé. Ceci dit, vous n'êtes pas fan des compositeurs impressionnistes, vous, alors pas de regret !

Guy, qui comme nous tous se demande ce qu'est un compositeur impressionniste, ne remarque rien, ni nos postures figées ni nos expressions gênées.

— Moi, j'ai un petit faible pour les valses, dit-il en s'adressant à Leïla. Pas vous ?

Leïla lève imperceptiblement les yeux au ciel.

12

Le samedi suivant, à 13 heures, je retrouve Laetitia qui s'est garée avenue Laumière.

— Waouh, Laetitia, tu es superbe ! Très joli, ton maquillage. Et sympa, ta coiffure ! Tu as fait onduler tes cheveux, non ? Et j'aime beaucoup ton gloss. D'ailleurs, je crois que j'ai le même.

— Merci, Charlotte, je suis allée chez une esthéticienne, je voulais être parfaite !

Parfaite pour sa chère Christel…

Je boucle ma ceinture, Laetitia démarre. On quitte Paris et je me sens légère. J'ai l'impression de partir en week-end. On a une petite heure de route, direction les environs de Rambouillet, entre forêt et campagne.

J'observe Laetitia à la dérobée. Son maquillage et sa coiffure l'ont transformée. Elle pourrait être jolie, si elle le voulait. Et c'est la première fois que je la vois sans son épais rouge à lèvres sombre. Quant à sa coiffure, avec ses cheveux qu'elle a légèrement fait boucler comme les miens et qu'elle a attachés en chignon, elle ressemble tellement à la mienne ! J'étends soigneusement sur la banquette arrière la tenue que j'enfilerai juste avant le cocktail. Heureusement que je n'ai pas mis la même robe que la dernière fois, on nous aurait crues en uniforme. Cette fois, j'ai opté pour un tailleur rose pâle et un chemisier en mousseline de soie écru. À croire que Laetitia m'imite et que moi, j'imite Christel !

On est presque arrivées lorsque son téléphone qui nous sert de GPS sonne. « Maman » s'inscrit à l'écran.

— Ta mère ! Tu ne réponds pas ?

— Surtout pas. Elle me laissera un message. Elle sait très bien que je travaille.

— C'est peut-être urgent ?

— Pour elle, oui. Mais aujourd'hui je ne peux pas tout lâcher pour lui faire plaisir.

— Elle habite à Paris ?

— Oui. Près de chez moi. On y est. Regarde, la ferme est dans ce village.

Il est presque 14 heures quand on pénètre dans une vaste propriété par un grand portail en fer forgé. Au fond de l'allée, j'aperçois une longue bâtisse d'un étage recouverte de vigne vierge. La voiture de Christel est garée au parking, notre boss est sur place depuis ce matin. La veille, on a eu un sacré coup de stress. Christel avait commandé les chaises en teck pour la cérémonie laïque qui doit avoir lieu dans le grand jardin de la propriété. Mais en rappelant son fournisseur habituel pour s'assurer que tout était prêt à être livré, elle a appris qu'il les avait louées à la dernière minute à un autre client qui avait payé plus cher.

— Tu n'en as plus ? Tu plaisantes ?

— Désolé, j'en ai, mais plus assez.

Elle lui a raccroché au nez et a hurlé :

— Les filles, débrouillez-vous, trouvez-moi cent chaises en teck livrables demain matin à Rambouillet.

Laetitia et moi on a appelé tous nos contacts, personne ne pouvait nous dépanner. J'ai alors tenté un nouveau prestataire, et là, miracle, ça a marché.

On pose nos affaires dans la petite pièce qui nous est réservée puis on retrouve Christel. À nous trois, on dispose toutes les chaises devant le petit autel qui a été monté pour la cérémonie laïque. Pendant ce temps, l'équipe de fleuristes y installe un décor féerique. Mon cœur bat, mélange d'adrénaline et de joie. Il fait un temps splendide, je respire à pleins poumons, l'air est parfumé d'odeurs de fleurs, d'herbes coupées et de foin.

Marine, la mariée du jour, est déjà là. Elle est en train de se faire coiffer et maquiller. L'union civile a eu lieu ce matin et Christel a tout supervisé toute seule. Elle nous laisse pour aller voir Marine et s'assurer qu'elle va bien. Pendant ce temps, on reste avec les fleuristes et le technicien venu vérifier les micros. Tout est parfait.

Un peu plus loin, le personnel de la ferme prépare l'espace où le cocktail, toujours en plein air, aura lieu après la cérémonie. On les rejoint, suivies par les fleuristes. Dès que tout nous semble prêt, Laetitia et moi on va se changer et se refaire une beauté pour accueillir les premiers invités.

J'enfile mon tailleur, Laetitia se glisse dans sa robe, puis, avec nos brosses et nos trousses de maquillage, on s'installe devant le grand miroir de la salle de bains, nos téléphones posés entre nous. Celui de Laetitia sonne de nouveau. Je jette un œil discret à l'écran. Encore sa mère....

— Tu ne décroches pas ?

— Je crois que je vais le couper, dit-elle, et elle l'éteint avec des gestes nerveux avant de le jeter, littéralement, sur le siège où elle a laissé son sac.

Laetitia inspire un grand coup et se repositionne devant la glace, attrape son gloss et en ajoute une généreuse couche. Tiens, il est de la même couleur et aussi de la même marque que le mien.

Christel fait alors une entrée fracassante.

— Mais c'est pas vrai !

— Qu'est-ce que tu as ? s'écrie Laetitia, inquiète.

Avec la quantité de brillant qu'elle a appliqué et qui déborde autour de ses lèvres, on est bien au-delà de l'effet mouillé. C'est écœurant.

— Le photographe est en retard ! Sa voiture n'a pas démarré. Il a dû en emprunter une. Résultat, il aura plus d'une heure de retard. Il ne sera pas là pour la cérémonie ! C'est la catastrophe !

— Je peux prendre les photos, si vous voulez, dis-je. J'ai toujours un appareil avec moi.

Elles se tournent toutes les deux vers moi. Laetitia me fusille du regard et le visage de Christel s'illumine.

— Oh, Charlotte, vous nous sauvez ! Merci !

— Pas de quoi.

— Christel, tu as vu ma robe ? Elle me va bien, hein ?

Christel fait volte-face vers Laetitia, la regarde de haut en bas.

— Tu crois que c'est le moment ? Et si ça continue, moi je ne vais même pas avoir le temps de me changer. Encore une fois !

Sur ce, elle enfile à la hâte une robe magnifique, prend une minute pour ajuster son maquillage et sa coiffure et retourne auprès de Marine.

Je vérifie que mon appareil est chargé et en état de marche pendant que Laetitia finit de se préparer dans la salle de bains. À sa sortie, une senteur que je connais bien me chatouille les narines. *Black Perfecto !* C'est mon parfum ! Laetitia porte aussi mon parfum ! C'est plus qu'une manie, chez elle, de me copier, ça tourne à l'obsession. C'est dingue ! Ça devient malsain.

Toutes les deux, on part accueillir les invités et on les guide à travers le parc pour qu'ils viennent s'asseoir en face de l'autel. Puis, appareil au poing, je me positionne face à la porte par laquelle sortira le couple. Une musique du style des *Quatre saisons* retentit et Quentin, le marié, sa mère au bras, s'avance vers nous. C'est son frère qui l'accueille : c'est lui qui sera le premier célébrant. Enfin, Marine, splendide, arrive avec son père, son bouquet entre les mains. Derrière, deux petites filles aux cheveux ceints d'une couronne de fleurs tiennent la traîne de sa robe. Je mitraille tout ce petit monde, le cœur battant d'émotion. Christel les suit à distance, l'air concentré et ravi à la fois.

La musique s'arrête. Place aux discours et à la cérémonie. Je tourne le plus discrètement possible autour de l'autel et des invités pour mémoriser l'événement. J'attends le point culminant du moment, lorsque les époux échangeront leurs vœux et leurs alliances. Un peu plus loin, à l'écart, mes deux collègues observent la scène. Je croise le regard de Christel qui me tend un pouce victorieux. Je lui souris et jette un œil en direction de Laetitia. Elle contemple ses pieds, et son visage exprime toute la tristesse du monde.

Une heure plus tard, après quatre discours, les vœux des mariés et les échanges d'alliances, *Happy*, la chanson de Pharrell Williams, retentit. Le couple, sourire jusqu'aux oreilles, se tourne vers les invités et longe l'allée en esquissant un pas de danse. Tout le monde les suit, puis se positionne derrière Marine, qui va lancer son bouquet. Je me précipite, œil collé au viseur. Le bouquet s'envole... pour être rattrapé par un petit garçon qui se fait aussitôt hurler dessus par son père.

— Mais c'est pour maman ! crie-t-il en pleurs.

J'arrête de prendre des photos.

— Venez vous rafraîchir ! intervient Christel. Le cocktail, c'est par ici !

À présent, Laetitia et moi partons vers la ferme. Le dîner et le bal se dérouleront dans l'ancienne grange aménagée au sol pavé, aux poutres apparentes, et où l'équipe de fleuristes s'est amusée à créer un décor champêtre avec bottes de paille, fleurs des champs et petites lanternes. C'est ravissant. Aidées du listing des invités, on pose tous les marque-places sur les tables puis les menus. Christel nous rejoint.

— Laetitia, le photographe est arrivé, va le chercher à l'accueil et emmène-le au cocktail pour qu'il commence à travailler. Oh, non, j'ai une idée, on va lui demander de nous prendre toutes les trois, je choisirai les meilleures photos pour les mettre sur le site. Allez, les filles, on y va, et vite !

Après la séance de shooting improvisée, je regagne la réception et me mets dans un coin pour m'assurer que tout se passe bien. Au lieu de se joindre à moi, ma collègue se dirige vers le bar et demande une coupe de champagne. Qu'elle descend d'un trait. Puis une deuxième. Les organisatrices de mariages sont autorisées à participer à la fête et à boire de l'alcool ? Première nouvelle !

Je suis interrompue dans mes pensées par un homme très âgé, qui me tend une main ornée d'une impressionnante chevalière.

— Je vous connais, mademoiselle… Mademoiselle ?

— Non… Euh, Charlotte, enchantée. Je fais partie de l'équipe qui s'occupe de la fête.

— Mais si, voyons, vous êtes de la famille de Quentin.

— Ah, non, désolée.

— Mais si, enfin… Charlotte, vous dites ? Connais pas.

Il pivote et poursuit son chemin.

Je me tourne vers le bar, à la recherche de Laetitia. Elle n'est plus là. Je fouille la foule des yeux et la trouve au milieu des invités, en grande conversation avec un homme d'âge mûr qui lui malaxe le bras et l'épaule avec insistance comme du bon pain. Laetitia ne sait pas se dépatouiller de tous ces vieux dégoûtants qui aiment tripoter les jeunes femmes timides, j'aurais dû m'en douter. Je me dirige vers elle.

Mais je m'arrête brusquement. Laetitia lui lance une œillade un peu allumée et, après un éclat de rire, s'envoie une nouvelle coupe cul sec. Puis l'homme l'entraîne dans la foule et je les perds de vue. Je ne comprends rien. Qu'est-ce qu'il se passe ? Il lui a mis du GHB dans son champagne ou quoi ? Et qui va me ramener, si elle se soûle ? Ou si elle part avec ce type ?

C'est alors que le vieux monsieur de tout à l'heure me prend la main.

— Lydia ?

— Non, moi c'est Charlotte. Excusez-moi...

Je pars en vain à la recherche de Laetitia. Christel et les mariés, qui viennent de visiter la salle de réception, rejoignent le cocktail, et ma cheffe, m'apercevant, me fait signe de la retrouver.

— Le cocktail se passe bien, on dirait ? me demande-t-elle.

— Absolument. Et la salle a plu aux mariés ?

— Ils sont enchantés. C'est un succès, malgré les deux couacs successifs. Ce métier est trop stressant, parfois. Venez, Charlotte, on a bien mérité une petite coupe, nous aussi. Quentin a insisté pour qu'on trinque à leur bonheur. Mais juste une, hein ? On n'est pas ici pour faire la fête.

— Compris, Christel.

L'heure tourne très lentement. Je commence à m'ennuyer ferme. Et surtout, je n'ai pas revu Laetitia. J'espère pour elle qu'elle s'amuse plus que moi, avec son vieux beau.

Enfin, il est l'heure de conduire les invités vers la grange. Et là, comme par miracle, Laetitia réapparaît. Elle n'a plus de gloss et ses cheveux sont à nouveau coiffés en une queue-de-cheval tirée. Sa robe est froissée, son regard éteint.

— Ça va, Léti ? dis-je, légèrement inquiète.

— Très bien, merci.

Son ton est agressif, je n'insiste pas. Je repense à sa conversation énamourée au téléphone avec son probable petit ami. Cette fille est vraiment une énigme.

J'ai mal aux jambes et aux pieds à force de rester debout, je suis épuisée par tout ce bruit, je n'ai qu'une envie, rentrer chez moi. Comment fait Christel pour avoir l'air si alerte et joyeuse après toutes ces heures à tout gérer ? D'après elle, on pourra s'en aller au début du bal. Pour ça, il faudra attendre l'entrée en salle et en musique des mariés, avec les invités qui feront probablement tourner les serviettes, puis les nouveaux discours… Franchement, je n'en peux plus.

— Où est Laetitia ? me demande Christel d'un ton cassant.

— Par là, je crois.

— Vous allez toutes les deux en cuisine et vous me buvez une bonne dose de café. Le père de Quentin est venu me dire qu'il s'inquiétait pour elle, il l'a vue titubante de fatigue, tout à l'heure. Et vous n'avez pas l'air tellement plus fraîche. À quoi ça vous sert, d'être jeunes ? Vous êtes moins résistantes que moi, c'est un comble. Allez, ne restez pas là, bougez-vous !

Vexée, je pars en quête de ma collègue qui ne titube sûrement pas à cause de la fatigue. La voilà. Seule sur une chaise, l'air absent.

— Laetitia, ordre de Christel, on doit aller boire un café, elle nous trouve fatiguées. Tu viens ?

Elle se redresse péniblement, me prend le bras et je l'emmène en cuisine. Une Thermos est mise à notre disposition. On boit en silence puis soudain Laetitia lève vers moi un regard larmoyant.

— Elle ne m'a même pas fait de compliment sur ma robe. Rien. Elle s'en fout complètement, de moi.

Prise au dépourvu, je ne réponds rien. J'attends qu'elle ait fini sa tasse et l'entraîne ensuite vers la salle de réception.

L'ambiance est devenue glaciale : un copain de Quentin fait un discours et je ne sais pas ce qu'il a raconté, mais ça a visiblement jeté un froid. Je prie pour que la mariée ne se mette pas à pleurer, ou que le marié ne se lève pas pour casser la figure au copain, et qu'on nous demande de rester une heure de plus. Heureusement, une jeune femme s'approche du rabat-joie, le pousse gentiment et lui arrache le micro.

— Allez, Nikos, c'est à moi maintenant !

Christel soupire de soulagement, et la fille se met à parler d'un ton larmoyant de son amitié éternelle avec Marine, la pote la plus merveilleuse qu'elle ait jamais connue.

Une demi-heure plus tard, Christel nous annonce qu'on peut partir. Elle-même ne va pas tarder.

— Malgré votre manque d'endurance, beau boulot, les filles. Allez, rentrez bien et à lundi.

— Tu veux que je conduise, Laetitia ?

— Pourquoi ? T'es pas ma mère.

— Je ne vois pas le rapport. Je pense que tu as plus bu que moi.

— C'est ma bagnole. Si tu veux pas monter, tu restes là.

Elle s'assoit derrière le volant, attache sa ceinture... et éclate en sanglots.

— Elle ne m'a même pas regardée, réussit-elle à dire à travers ses larmes.

Une heure plus tard, alors que Laetitia a été obligée de me céder le volant, je me gare devant chez elle. Elle ronfle. Je la secoue doucement.

— Laetitia ! On est arrivées. Tu veux que je t'aide à monter jusque chez toi ?

— Ma voiture...

— Je te la rapporte demain, OK ?

Elle sort sans rien ajouter et entre dans son immeuble.

Je redémarre en soupirant.

13

Lundi matin, je finis de me maquiller pour partir au travail. Je fouille dans mes tiroirs : impossible de mettre la main sur mon gloss, celui que Laetitia a copié. Au fond, est-ce que j'ai envie de l'utiliser, maintenant qu'elle a le même ? Je vais être en retard, de toute façon, et il reste introuvable. J'opte pour un rouge à lèvres rose et me dépêche de sortir.

Laetitia n'est pas encore arrivée. Hier, je suis allée lui rendre sa voiture, elle avait une mine affreuse, tout comme son humeur. J'espère qu'elle se sera ressaisie aujourd'hui.

Le photographe nous a envoyé les photos. Le résultat est éblouissant, ce mariage était une belle réussite. Je sélectionne celles de nous trois et les envoie par fichier séparé à Christel et à Laetitia. Je passe l'heure suivante à trier les photos que j'ai moi-même prises.

Enfin, Laetitia arrive, je l'accueille d'un sourire, auquel elle ne répond pas. Elle a retrouvé sa queue-de-cheval tirée et ses cheveux gras, ses vêtements noirs, son rouge à lèvres épais et sombre. Elle est suivie peu après par Christel et son fils.

— Alors, les filles, comment avez-vous trouvé notre prestation de samedi ? Pas mal, hein ! La mère de Quentin m'a félicitée et m'a dit que certains invités lui avaient déjà demandé nos coordonnées. Alors merci à vous deux !

Puis, se tournant vers Robinson :

— Tu viens, mon chéri ?

Ils ferment la porte derrière eux.

— Mais il fait quoi, dans son bureau, pas plus de cinq minutes à chaque fois ? Tu as une idée, toi ? dis-je.

Il n'y a pas que la curiosité qui me titille. J'ai aussi envie que Laetitia réagisse. Depuis tout à l'heure, elle est concentrée sur son travail et n'a pas prononcé un mot.

— Il vient chercher son argent de poche. Enfin, pour moi c'est beaucoup plus que de l'argent de poche. Mais Christel est très généreuse avec lui.

Maintenant, elle me regarde bizarrement. C'est comme d'habitude mais en pire : ses yeux s'étrécissent, renvoyant un éclat troublant. Elle a l'air complètement piquée, en fait.

— Et lui aussi, il est très généreux, continue-t-elle.

— Ah oui ? Comment tu le sais ?

— Je le sais, c'est tout.

Elle se replonge dans son ordinateur et ne m'adresse plus la parole.

Quelques minutes plus tard, Robinson sort du bureau, nous salue et se dirige vers la porte.

— À plus, lui dit Laetitia, charmeuse.

Au moins Robinson a toujours la cote avec elle. Quand je pense que, juste avant, elle me fixait avec un petit air de psychopathe.

Christel sort à son tour.

— Mon fils va aller faire la fête à Ibiza, cet été. Ah, ça donne envie de redevenir jeune, vous ne trouvez pas ?

Laetitia grommelle une réponse et je hoche la tête pour faire plaisir à notre cheffe.

Le lendemain, à mon arrivée à « Tous en cœur », un bouquet de roses rouges est posé sur la table de travail de Laetitia. Elle doit être dans notre salle de bains. J'en profite pour admirer le bouquet et surtout, j'avoue, pour voir s'il y a une carte. Je n'en trouve pas.

Laetitia surgit à cet instant et je sursaute.

— Quel beau bouquet ! lui dis-je.

— Tu as vu.

— Il doit être très amoureux.

— Il est aussi très généreux.

Cette phrase résonne en moi comme un écho. Mais à quoi ? Elle ne m'a pas dit la même phrase hier ? À propos de qui, d'ailleurs ? Robinson ! Oui, Robinson qui recevait une belle enveloppe de la part de sa mère et se montrait généreux. Alors, les fleurs, ce serait lui ? Impossible.

— Mon ami vient d'avoir une rentrée d'argent, et il aime tout partager avec moi.

Ce regard insistant qu'elle braque sur moi... C'est pour me faire comprendre quelque chose ? Si elle couche avec le fils de la patronne, elle n'a qu'à me le dire carrément, au lieu de jouer aux énigmes.

La journée terminée, je passe acheter une baguette à la boulangerie sur la place de la mairie et passe devant le Kaskad. Margaux et Victoire sont installées en terrasse et m'appellent pour que je prenne un verre avec elles.

Victoire nous parle de son nouveau petit ami, un violoniste qui a quelques années de moins qu'elle.

— Vu ton âge, c'est un bébé ! lui dis-je.

— Un peu, oui, mais il est très beau. Enfin, pas autant que Joshua. Celui-là, je n'arrête pas de lui tendre des perches, rien à faire.

— Moi j'ai une théorie, commence Margaux. Tu lui plais mais le côté voisine du dessous doit le freiner. Il a l'air indépendant, aussi, non ?

— Ouais, enfin il se balade quand même avec de superbes créatures, dis-je, avant de réaliser que j'ai peut-être vexé Victoire.

C'est mal la connaître.

— Mais je suis une superbe créature !

Margaux lui sourit.

— Exact. Tu as toutes tes chances.

— Je sais, mais il me fait vachement attendre. Jamais aucun homme ne m'avait fait ce coup-là.

— Et toi, Charlotte, comment ça va avec ta collègue amoureuse de la cheffe ?

— Parlons d'autre chose, d'accord ?

— Mais pourquoi ? C'est si horrible que ça ?

— Je ne vais pas vous soûler. Déjà qu'Alexandre et moi, on n'arrête pas de se disputer dès que je lui en parle…

— Justement, avec nous ça ne risque pas. Alors, raconte ?

— Je ne sais plus trop. Je cerne de moins en moins Laetitia. Je crois qu'au mariage, samedi, elle s'est tapé un invité, ensuite elle a pleuré parce que notre cheffe ne l'avait pas complimentée sur sa tenue. Après la femme au coup d'un soir, on a la petite fille rejetée par sa maman, le tout en une nuit.

— Au moins, elle s'est amusée.

— Pas du tout, elle avait l'air désespérée. Et puis il y a autre chose. J'ai essayé de l'aider pour qu'elle se sente plus jolie. Je lui ai donné des conseils de coiffure, des adresses de fringues. Et maintenant elle copie mon look, je crois qu'elle a piqué mon gloss et elle porte mon parfum.

— Elle est complètement flippante, cette fille ! s'écrie Victoire.

— Tu ne crois pas qu'en fait elle est amoureuse de toi ?

— Certainement pas. D'ailleurs, je me demande si elle n'a pas une histoire avec le fils de notre patronne. Mais il a minimum quinze ans de moins qu'elle.

— C'est hyper glauque, tout ça ! répond Margaux.

— Enfin, c'est surtout Laetitia qui est glauque.

— Ça ne la rend pas heureuse, son plan avec le petit jeune ? insiste Victoire.

— Tu parles. Elle est d'une tristesse…

Je soupire bruyamment.

— Bon, il faut que je rentre. Les enfants m'attendent. D'ailleurs, je ne sais même pas combien j'en aurai chez moi, avec ceux des voisins.

— Moi aussi, il faut que j'y aille. Tu viens, Victoire ?

La porte de l'immeuble s'ouvre à la volée au moment où je m'apprête à composer notre code. Joshua apparaît.

— Joshua ! s'exclame Victoire. Comment tu vas ? Ça fait longtemps.

— Bonjour, bonjour ! Ah, désolé, je suis hyper en retard. Un patient… Bonne soirée !

Joshua s'éloigne d'un pas vif. Un patient ? Je n'ose pas faire remarquer à Victoire qu'il n'a pas sa sacoche de médecin.

— C'est dur, son métier. Pas d'horaires, disponible nuit et jour pour ses malades…, remarque Margaux.

— Cet homme est un héros, murmure Victoire. Et regardez comme il est canon !

Le lendemain, après que Laetitia et moi avons déjeuné au bureau, j'arrive à la persuader de venir prendre une glace avec moi au parc. Elle qui n'a pas un cheveu qui dépasse ne cesse de remettre derrière son oreille une mèche invisible. Je ne peux que remarquer le brillant qu'elle porte au doigt. Une bague de fiançailles ? Ma collègue a vu mon regard et mes yeux écarquillés.

— Elle te plaît ?

— Splendide. Tu t'es fiancée ?

— Oh, symboliquement.

— Un sacré symbole, dis donc.

— Nos familles ne sont pas au courant. Disons que c'est une histoire passionnelle et clandestine. Et je préfère qu'on arrête d'en parler.

— Très bien. Comme tu préfères. C'est juste que, si tu ne tiens pas à attirer l'attention, ta bague n'est pas très discrète.

— Laissons les gens croire ce qu'ils veulent.

Ce soir-là, juste avant le dîner, Alexandre me parle de Leïla et de Thomas. Il souhaite les inviter à venir prendre l'apéro chez nous vendredi soir.

— Je suis sûr qu'ils feraient un beau couple et ce serait sympa d'aider le destin. Il faut qu'ils passent un vrai moment ensemble, plutôt que de se croiser dans l'escalier.

Je ne sais pas pourquoi, mais cette idée m'agace.

— Non, j'ai pas envie ! Je suis crevée, moi, surtout le vendredi à la fin de la semaine de boulot.

— Alors samedi ?

— Il faut toujours qu'on s'occupe de tout le monde, ça suffit. Ras le bol d'être celle qui reçoit à chaque fois. Et puis j'aimerais bien ne rien faire ce week-end, pour une fois.

— Mais qu'est-ce que tu deviens chiante ! se met à hurler Alexandre. Où est la fille sympa, toujours prête à s'amuser, à rencontrer des gens ? Qu'est-ce qui t'arrive ? Tu es toujours fatiguée, tu te plains tout le temps. Il n'y a pas que toi qui bosses, tu sais.

Je pars dans notre chambre en claquant la porte.

Alexandre est encore fâché contre moi. Puisque je n'ai pas voulu faire d'apéro chez nous, il est sorti sans moi vendredi. Il a retrouvé ses potes du quartier pour aller descendre des bières au Rosa Bonheur. Ce matin, il fait la grasse matinée. Lou s'est enfermée dans sa chambre pour faire, dit-elle, tous ses devoirs. Gabriel et moi, on poursuit notre petite routine du samedi. Courses pour la semaine et achat de sa barquette de framboises qu'il mangera ensuite au parc, à l'aire de jeux. J'en prends une seconde, au cas où on tomberait sur Hyppolite et son père, comme souvent le samedi matin.

Ils sont déjà là à notre arrivée, moi traînant mon caddie, Gabriel sautillant en me tenant la main. Je m'assois à côté de Thomas et lui fais la bise. Hyppolite s'est levé et veut entraîner Gabriel vers le toboggan, mais mon fils ne veut pas déroger à son petit rituel.

— Maman, on peut manger nos framboises, d'abord ?

— Bien sûr. Hyppolite, je t'ai pris une barquette, tiens, dis-je en la lui tendant.

— J'aimerais tellement qu'il la mange, mais il n'aime pas les fruits, explique Thomas.

— J'aime que les pommes, me dit le petit garçon. Si elles sont épluchées.

— D'accord, ce n'est pas grave.

— Alors je vais manger la mienne après. Tu viens, Hyppo, on va jouer, dit Gabriel en le tirant par le bras.

— Tu aimes ça, toi, Thomas ? dis-je. Tu en veux ?

— J'adore ! me répond-il.

Ses yeux brillent et je l'observe manger avec gourmandise. Il ressemble à un petit garçon et ça me fait rire.

— Qu'est-ce qu'il y a ? C'est moi qui t'amuse ?

— Tu es tellement marrant, avec tes framboises, tu me fais penser à Hyppolite, mais quand il mange une glace.

Il m'observe avec une intensité qui, je ne sais pourquoi, me bouleverse. Son regard dit tout, l'amour qu'il porte à son fils, le chagrin qu'il a traversé et qui le hante encore, et puis d'un coup il sourit, et son visage exprime une douceur à laquelle se mêle une pointe de malice.

Il lève la main ; je m'attends à le voir piocher dans la barquette mais il l'approche de ma joue et frotte ma peau du bout des doigts.

— Tu as un peu de framboise, là, me dit-il.

Ses yeux plongent au fond des miens. Sans réfléchir, je pose ma main sur la sienne, comme pour la retenir.

— Maman ! J'ai faim !

On s'écarte brusquement et Gabriel se jette dans mes bras.

Cette nuit, étendue auprès d'Alexandre, après l'amour, alors que mon mari respire de son souffle régulier, un bras passé en travers de ma poitrine, je reste là, les yeux grands ouverts. Je n'ai qu'un désir, que Thomas me touche et me caresse. C'est impossible, ça ne peut pas m'arriver.

14

Quelques jours ont passé, quelques nuits sans sommeil aussi. J'essaie de refouler mes pensées et mes désirs. On peut bien, parfois, se sentir attirée par un homme en étant avec un autre. Et alors ? C'est comme ça. Incontrôlable. Et quel mal y a-t-il, s'il ne se passe rien ? Si on parvient peu à peu à éteindre son désir ? Mais lui, Thomas, que pense-t-il, que veut-il ?

Christel me tire de mes questionnements en entrant dans notre bureau avec son énergie débordante.

— Les filles, il faut que je vous annonce une grande nouvelle ! Vous avez pu remarquer la présence régulière dans nos locaux de Gilbert Benamou, le président de la grande agence d'événementiel « Ben Events » ?

On hoche la tête.

— Eh bien, je peux vous l'annoncer officiellement : on va s'associer ! C'est pas formidable ?

Je jette un regard à Laetitia. Son teint blafard l'est brusquement encore plus.

— On garde chacun nos locaux, mais on met en commun nos clients et on bénéficie de leur logistique, leur réputation dans tous les domaines de l'événementiel, leur pub, leur potentiel financier… Les filles, on va cartonner ! s'exclame Christel en battant des mains.

— Bravo ! lui dis-je.

— Et quelle sera la contrepartie, pour nous ? demande Laetitia.

— Mais… aucune ! D'ailleurs, on a rendez-vous demain pour une première réunion autour de cette question. Viens dans mon bureau, Léti, on va se préparer.

— Là ? Maintenant ?

— Ça te pose un problème ? demande Christel d'un ton coupant.

— Non. J'arrive.

— Ah, Charlotte, pendant ce temps, occupez-vous de mettre à jour notre site, ajoutez les photos de l'équipe que j'ai sélectionnées et celles de nos derniers mariages. Contactez les clients pour qu'ils nous envoient leurs commentaires.

— Bien, Christel.

— Léti, on y va. Allez, dépêche-toi.

Peu avant 13 heures, Laetitia sort du bureau de Christel.

— Ça va ? je lui demande.

— Nan, dit-elle en se préparant à sortir.

— Pardon, Laetitia, tu vas à la boulangerie ?

— Oui, pourquoi ?

— Je n'ai pas encore fini et je suis en retard sur mes autres dossiers. Ça t'ennuierait de me prendre un sandwich ?

Ma collègue lève les yeux au ciel et, malgré son agacement, je lui tends mon porte-monnaie.

— Au poulet, s'il te plaît. Merci.

Alexandre étant en déplacement, je pars avant 18 heures pour aller récupérer les enfants. Lou est de mauvaise humeur. Elle s'est disputée avec sa meilleure amie et Léon n'a pas souhaité rentrer avec nous. Gabriel, qui vibre aux moindres émotions de sa sœur, pleurniche sans raison. Je n'ai pas pu discuter avec Laetitia de l'association entre notre boîte et celle de Gilbert Benamou. Quelles seront les implications pour nous ? Si on bénéficie de leur logistique, je suppose qu'on aura un bureau comptable et financier commun. Que deviendront alors les fonctions de Laetitia ? Et moi, à quel changement dois-je m'attendre ?

— Oh, là là, mais c'est dégoûtant ! s'écrie Lou qui a déjà atteint notre palier.

Je monte lentement en tenant Gabriel par la main. On n'est qu'au deuxième étage.

— Quoi ? Qu'est-ce qu'il y a ?

— Il y a quelqu'un qui a fait tomber son sac-poubelle sur notre paillasson. Ah, c'est trop dégueu ! Ça pue !

Arrivée à notre étage, je me fige. Le sac a été déversé devant notre porte. Ce n'est pas un accident.

— Maman, prends des photos, me dit Lou. Tu sais, pour garder des preuves.

— Des preuves de quoi ?

— Ben, pour porter plainte, me dit ma fille avec sérieux.

— Pour une poubelle ? Lou, tu regardes trop la télé. Bon, je vais ouvrir la porte, vous allez entrer et je vais m'en occuper, d'accord ?

— Alors pas de photo ? Au moins pour montrer à papa ?

— Non, on ne va pas mémoriser ce truc. Par contre, je vais chercher Mme Ménard pour qu'elle le voie.

La gardienne est furieuse de découvrir le parquet qu'elle astique régulièrement recouvert de détritus.

— Enfin, madame Charlotte, c'est un endroit correct, ici. Personne ne fait ça dans mon immeuble.

— Je sais bien. Ne vous en faites pas, je vais m'en occuper.

— Quelqu'un en veut à l'un d'entre vous, peut-être ?

— Bien sûr que non !

— Alors qu'est-ce que ça fait ici ? Vous pouvez m'expliquer ?

Je n'ai rien à répondre. Je ne comprends pas. Une mauvaise blague ? Un acte de malveillance gratuit ?

Lou et Gabriel me regardent tout ramasser et laver comme s'ils étaient à un spectacle. Y aurait-il quelqu'un, dans l'immeuble, qui ne nous aime pas au point de faire ça ? Mais qui ?

Le lendemain, Christel et Laetitia partent en rendez-vous chez « Ben Events », l'agence de M. Benamou. Je suis seule au bureau. Je patiente un petit moment puis me lève et vais m'asseoir à la place de Laetitia. J'ai très envie de découvrir des indices sur son histoire d'amour, je veux savoir s'il se passe quelque chose avec Robinson. Un premier tiroir déborde de papiers, bonbons, boîtes de médicaments, emballages gras, miettes. Ça me rappellerait presque le contenu de la poubelle vidée devant ma porte, hier. Je fouille le plateau de sa table, ouvre sans remords une enveloppe en provenance d'un photographe : elle a fait tirer des photos de la série que j'ai envoyée, celles de nous trois au mariage. Christel ; Christel encore ; Christel et Laetitia... aucune photo avec moi. Oh le choc ! Elle a découpé les tirages où on était toutes les trois pour m'éliminer du décor ! Et moi qui croyais que maintenant elle m'aimait bien. Elle me hait, en fait ? Qu'est-ce qu'elle a fait des photos de moi ? Déchirées en petits morceaux et brûlées ?

Je fouille le reste du plateau mais ne trouve aucune info intéressante. En revanche, en ouvrant un autre tiroir, je découvre mon gloss au milieu d'un tas de babioles. Je m'apprête à le reprendre, furieuse. Et si ce n'était pas mon tube ? Quoi qu'il en soit, cette fille est une grande malade. Mais à part cette découverte accablante, je n'ai rien appris sur ses amours.

Quelques heures plus tard, Laetitia rentre seule de la réunion. Elle est furieuse.

— Comment ça s'est passé ?

— Une catastrophe. « Tous en cœur » n'existe plus, je te le dis. Ce type compte bien tout absorber, Christel va perdre son indépendance. Elle se couche devant lui, et lui, il est ravi, tu parles ! Il prend tout, Christel lui appartient, elle est...

— Houlà, tu n'exagères pas un peu ? C'est une association, pas un mariage arrangé, dis-je.

Et malgré son air désespéré et tout ce que j'ai découvert sur elle, j'ai envie de rire.

— Tu verras, bientôt on ne sera plus rien pour elle.

Elle est interrompue par la sonnerie de son téléphone. Son ton devient immédiatement mesuré et professionnel lorsqu'elle s'adresse à son interlocuteur.

Dans quelques jours, on sera en juillet. Thomas et Hyppolite ne sont pas venus au parc samedi dernier, et c'est mieux comme ça. En revanche, je n'ai pas pu empêcher Alexandre d'organiser un goûter avec Thomas, Leïla et les enfants. Mon mari est têtu. Quand il a décidé quelque chose, il ne renonce jamais. Mais à la dernière minute, il a eu une mission urgente, et je me retrouve seule pour les préparatifs. Leïla a proposé de venir plus tôt pour m'aider pendant que Léon est à son cours de guitare. Elle a l'air fatiguée et déprimée, un peu comme d'habitude, au fond.

Je lui sers un verre de vin bien rempli et on trinque avant de s'y mettre.

— Dure semaine ? je lui demande.

— J'ai appris que mon ex avait eu son troisième enfant.

— Et ça te fait encore mal, d'avoir de ses nouvelles ?

— Oui, c'est très douloureux.

— Mais c'était il y a longtemps, non ?

— C'est plus compliqué que ça, dit-elle.

Je me demande si elle a envie de se confier ou si elle souhaite que j'arrête de lui poser des questions.

— Tu veux en parler ? Tu n'es pas obligée de...

— Non, c'est bon. Parfois ça fait du bien de ressortir tout ça. Tu vois, quand je t'ai dit que mon mari n'avait aucun lien avec Léon, ce n'était pas tout à fait exact. Il ne voulait pas d'enfants, moi si. Quand je suis tombée enceinte accidentellement, il m'en a beaucoup voulu. Mais j'ai fait une fausse couche. Deux ans plus tard, j'avais plus de trente ans, lui souhaitait toujours attendre pour qu'on ait un enfant. Alors c'est vrai, j'ai un peu forcé le destin et je suis retombée enceinte.

— Ton mari a réagi comment ?

— Pas très bien. Mais moi, j'ai eu confirmation que je ne pouvais pas mener mes grossesses à terme. J'ai encore perdu le bébé. Les médecins m'ont expliqué que j'avais un problème et que je ne pourrais pas...

— Oh, je suis désolée !

— Bah, ça fait longtemps.

— Ce n'est pas une question de durée, Leïla, ça te marque toute ta vie, j'en suis sûre.

— Tu as raison. Et puis ça ne s'est pas arrangé.

Sans lui demander son avis, je remplis de nouveau nos verres.

— Merci. Ensuite, je lui ai proposé qu'on adopte un enfant. Il ne voulait pas en entendre parler, bien sûr. Mais j'ai mis en route toutes les démarches et il m'a fait croire qu'il était finalement d'accord. En réalité, il voulait me quitter, mais j'étais trop stupide pour m'en rendre compte. Il a rencontré quelqu'un. Et il est parti vivre avec elle.

— Et Léon, dans tout ça ?

— J'ai continué les démarches seule. Et ça a marché. Heureusement, sinon je ne sais pas ce que je serais devenue. Un an après m'avoir larguée, mon ex était papa d'une petite fille.

— Oh, quel salaud !

— Il paraît que c'est classique. Peut-être qu'il ne voulait tout simplement pas d'enfant de moi.

— En tout cas, tu as un fils merveilleux.

Leïla sourit enfin.

— Je sais, j'ai beaucoup de chance.

— Et tu l'élèves très bien.

— Merci. J'aimerais penser un peu plus à moi, maintenant que Léon grandit. Rencontrer quelqu'un, peut-être. Mais j'ai tellement peur de me faire avoir. Mon ex était parfait au début, comment j'aurais pu savoir que ça allait si mal se terminer ?

— Aujourd'hui tu as de l'expérience, tu sauras.

— J'espère. Vraiment. Parce que tu vois, je ne suis pas sûre de pouvoir supporter encore une telle souffrance.

On garde le silence. Leïla semble plongée dans ses souvenirs douloureux. Je comprends mieux maintenant pourquoi cette femme forte, déterminée, dégage toujours une profonde tristesse.

— Bon, on s'y met avant que je ne sois complètement soûle ? lance-t-elle soudain.

— Houlà, oui, tu as raison, l'heure tourne, on a un gâteau et des cookies à faire.

Il est bientôt 16 heures et je deviens nerveuse. Je vais revoir Thomas et je ne sais pas comment je vais faire pour cacher ma gêne. Lou et Gabriel s'impatientent, Léon et Alexandre sont arrivés.

Enfin, on sonne à la porte. Thomas, Manon et Hyppolite se tiennent sur le seuil. Mon cœur s'accélère. Thomas pose sa main sur mon bras pour me faire la bise et j'ai peur de rougir. Nos regards expriment des sentiments confus. Puis il se tourne pour saluer Leïla et, est-ce mon sentiment de culpabilité qui me rend paranoïaque ? Je suis sûre qu'elle nous observe bizarrement. Non, elle est juste contente et elle sourit enfin librement. Elle aurait tellement le droit d'être heureuse...

L'après-midi se passe bien. Au début, j'évite de regarder Thomas ou de m'adresser à lui. Mais c'est impossible de continuer comme ça, ça finirait par paraître louche et on pourrait croire que je suis fâchée contre lui. Peu à peu, je me détends, j'arrive à tourner les yeux vers lui quand il prend la parole et même à lui parler sans me sentir embarrassée. Après tout, à part des fantasmes qui ne font de mal à personne, je n'ai rien à me reprocher !

Leïla nous demande ce qu'on fait cet été. Je serai la seule à ne pas partir puisque je débute à l'agence et que l'activité bat son plein. Leïla est tellement épuisée par son travail que cette année, pour la première fois, elle prend un mois de congé. Elle emmène Léon visiter l'Italie. Thomas, lui, a loué une maison dans les Landes à partir de la mi-juillet mais il reviendra début août en laissant les enfants aux grands-parents et aux oncles et tantes jusqu'à la fin du mois. C'est ce qu'Alexandre et moi avons prévu pour Lou et Gabriel : Alexandre les emmènera chez ses parents en Bretagne fin juillet et restera avec eux pendant deux semaines. Il y travaillera à distance avant de rentrer seul. On ira chercher nos enfants le dernier week-end d'août.

— Je serai la gardienne de l'immeuble, cet été, dis-je. Si vous voulez que j'arrose vos plantes et que je vérifie que tout va bien, n'hésitez pas !

On se quitte en se promettant de fêter nos retrouvailles juste avant la rentrée, et Leïla propose de le faire chez elle.

Il est 19 heures passées. Alexandre et moi, on range la cuisine et on prépare le dîner.

— Je suis vachement content de mon idée. Tu as vu comme Leïla devient toute gaie quand elle voit Thomas ? J'avais raison, c'était de la timidité. Elle est attirée par lui, c'est évident, affirme-t-il, fier de lui. Et c'est réciproque, je le sens.

— N'importe quoi ! dis-je en haussant le ton malgré moi. Tu n'étais même pas là quand ils se sont rencontrés, c'est moi qui te l'ai raconté.

— Oh, mais tu me soûles ! se met-il à crier en jetant la vaisselle dans l'évier.

— Mais ça va pas ! Tu as tout cassé !

— Non, j'ai pas cassé ta vaisselle, alors arrête ! Pourquoi ça t'énerve, ce que je te dis ? Tout t'énerve en ce moment, j'en peux plus, tu es insupportable. Tu sais quoi ? Si ça continue, je reste tout le mois d'août chez mes parents, ça me fera des vacances.

— Pardon, dis-je, prenant brusquement conscience de ma réaction démesurée. Tu as raison, je suis à cran. C'est le boulot.

— Encore ! Je croyais que ça s'arrangeait. Alors c'est quoi, cette fois ? Laetitia a ses règles et elle est trop méchante avec toi, c'est ça ?

Alexandre a pris un ton plaintif, juste pour se moquer de moi et me blesser. Mais il n'a rien compris. J'ai envie de hurler qu'en réalité ce n'est pas le boulot, qu'en réalité je n'ai pas envie que Thomas et Leïla se mettent ensemble parce que... parce que... je suis amoureuse de lui. Je ne pourrai jamais l'avouer à personne, mais au moins je l'ai admis pour moi-même, et c'est un choc.

Ce soir-là, je me prends un autre coup, ou plutôt une déflagration. Je reçois une notification sur ma page Facebook professionnelle : j'ai un commentaire sous ma dernière publication – des photos du mariage à la ferme, et surtout de Christel, Laetitia et moi avec un petit texte sur la super équipe à laquelle j'appartiens. Quelqu'un a écrit en gros caractères : « Sale pute. » Je ne sais pas qui. C'est bien sûr un pseudo : rougerubis90. Toutes mes relations professionnelles vont le voir ! Oh l'horreur ! Paniquée, j'appelle Alexandre à l'aide. Il me regarde bizarrement, comme si j'étais coupable de quelque chose.

— Ben quoi ? Je n'ai piqué le mari de personne ! Enlève-moi ça tout de suite, je t'en supplie !

— Tu sais qui c'est ? Et pourquoi il a fait ça ?

— Mais non ! Enlève !

Alexandre supprime le commentaire et bloque rougerubis90.

— Tu acceptes tout le monde et n'importe qui, c'est pas étonnant.

— Bien sûr que j'accepte tout le monde, je veux que ma page pro soit vue par un maximum de gens, c'est normal ! Un dingue m'insulte et on dirait que c'est ma faute !

— Oh ! c'est bon. J'ai pas dit ça. Fais plus gaffe, c'est tout.

— C'est ça.

Juillet

15

J'ai reçu un texto de Thomas. Ils partent samedi en vacances et il vient m'apporter un double de ses clés vendredi soir, au cas où.

Hyppolite est venu aussi. Il veut dire au revoir à son copain Gaby qu'il ne reverra pas de tout l'été.

— Ce ne sera pas trop dur de te retrouver toute seule dans l'immeuble ? demande Thomas.

— Il restera bien quelques personnes, et puis j'adore Paris l'été.

— Je serai là en août, moi aussi. Je te préviendrai pour récupérer les clés. Tiens, me dit-il, son trousseau posé au creux de sa paume.

Troublée, je m'avance pour l'attraper, le fais tomber et me précipite pour le ramasser. Thomas fait pareil et, accroupis au sol, on se cogne le front assez fort.

— Oh, pardon, Charlotte, dit-il en tendant la main vers moi. Ça va ?

Sa main s'attarde sur ma joue.

Il passe une mèche de cheveux derrière mon oreille, caresse l'ovale de mon visage.

Je me lève d'un bond en reculant. Je me sens ridicule. On dirait une gamine prépubère en pleine ébullition hormonale.

Lou débarque à cet instant et Thomas ramasse les clés.

Le dimanche, Leïla nous propose une balade sur les quais près de chez nous. Avec nos enfants, on va admirer les installations de Paris Plage.

Pendant que nos gamins s'amusent sous les brumisateurs géants, je m'assois au bord de l'eau avec Leïla, qui me questionne sur « Tous en cœur ». Je lui parle de Laetitia, de sa manie de me copier en tout.

— Tu es son modèle, tu penses ? demande Leïla.

Et c'est alors que je comprends :

— Non, c'est horrible. Je viens de piger. En fait, elle ne peut pas me saquer. Si elle imite mon look, c'est uniquement parce qu'il plaît à Christel et qu'elle ne vit qu'à travers ses yeux.

— C'est un peu bizarre, ta théorie, non ?

— Pas quand on connaît Laetitia.

Je lui parle des photos découpées où elle m'a éliminée du cadre.

— C'est violent, quand même, dit Leïla, horrifiée.

— Pas tant que ça. Ça l'aurait été si elle me les avait montrées.

— Tu es bien gentille, Charlotte, limite naïve.

— Tu parles. J'ai quand même fouillé son bureau pour les trouver. Bon et toi, sinon, comment tu vas ?

— Heureuse de partir en Italie. Et tu as raison, il faut que je me bouge, que je pense plus à moi, à ma vie amoureuse.

Son visage s'éclaire.

— Qu'est-ce qui te rend gaie comme ça ? Il me manque une info ?

— Non. J'ai décidé de sortir de ma coquille. Le deuil et le chagrin, ça suffit.

— C'est super ! Et tu as des vues sur quelqu'un ?

— Je ne sais pas. Qu'est-ce que tu penses de Thomas ?

Mon sourire se crispe.

— Comment tu le trouves ? insiste Leïla. Il est classe, non ?

Comme je suis incapable de répondre, Leïla enchaîne.

— Mais j'ai peur, quand même. Je dois faire très attention à Léon. S'il avait l'impression que je l'abandonnais ?

— Pourquoi ? je demande, soulagée qu'elle dévie la conversation sur son fils.

— S'il sent que je m'intéresse à quelqu'un d'autre, s'il a peur que je le considère comme un poids ?

— Je n'y crois pas une seconde. Tu es une mère géniale et aimante. Léon a entièrement confiance en toi. En plus, il gagnerait un père.

— Tu penses que Thomas serait prêt à se retrouver avec un enfant supplémentaire ?

Je baisse les yeux, calme ma respiration et parviens à répondre.

— C'est un bon père, lui aussi. Et à nos âges, les familles recomposées, c'est presque la norme.

— Non mais tu nous entends ? dit Leïla, ravie. Je me vois déjà vivre avec lui alors qu'on se parle à peine. Je suis en plein fantasme. Tu sais quoi ? Discuter avec toi me rend complètement conne.

— Eh, je n'y suis pour rien ! C'est juste que tu as envie d'autre chose, et tu as raison.

C'est au moment où ma vie personnelle se complique que ma vie professionnelle prend un tournant désagréable. Laetitia n'est plus la même depuis que Christel nous a annoncé son association avec « Ben Events ». Du coup, l'ambiance au bureau et entre nous se délite. Aujourd'hui, Gilbert est venu nous rendre visite. Enfin, plutôt à Christel. Nous, les petites mains, il nous ignore. Mais franchement, je m'en contrefous, contrairement à Laetitia qui ne s'en remet pas. Il faut dire que Christel et lui sont un peu grotesques, ils passent leur temps à se complimenter, à rire du bon mot de l'autre, à se lancer des regards admiratifs...

Une fois Gilbert parti et Christel enfermée dans son bureau, Laetitia se lâche.

— Pour qui il se prend, ce type ? Pour notre patron ? Il se croit vraiment chez lui, j'hallucine. Je ne vais pas tenir longtemps, je te le dis. C'est lui ou moi. Parce que moi, je ne travaillerai jamais pour ce connard !

— Laetitia, s'il te plaît…

— Quoi, c'est pas vrai que c'est un sale connard ?

On sonne à l'Interphone. Mon rendez-vous : Anaïs, une fleuriste très réputée dans la profession, que j'aimerais faire travailler sur un grand mariage. On s'installe dans les deux petits fauteuils que j'ai disposés dans un coin pour discuter tranquillement, quand Laetitia nous interrompt.

— Vous parlez du mariage en Bretagne ? Dans le château du XVe siècle ?

— Oui, pourquoi ? je demande.

Laetitia se tourne vers Anaïs.

— Charlotte a oublié de vous préciser que la date avait changé. Vos compositions florales, il va falloir les revoir.

La fleuriste me regarde en écarquillant les yeux.

— C'est vrai, Charlotte ?

— Oui… Enfin, non, je n'avais pas oublié, j'allais vous le dire ! J'attendais au moins que vous soyez bien installée ! Je ne pense pas que ça change beaucoup de choses, de toute façon. C'est juin, maintenant, et non avril. Et la plupart des fleurs seront toujours disponibles, non ?

— Ça reste très important à savoir, ne serait-ce que pour le timing.

J'ai envie de tuer Laetitia. Elle me fait perdre la face exprès devant ma prestataire en lui faisant croire que je n'allais pas lui donner une information cruciale. Elle a de la chance, je ne suis pas comme elle : je ne déballe pas notre linge sale en public.

Après le départ d'Anaïs, je me plante devant le bureau de Laetitia.

— C'était quoi, cette remarque sur mon soi-disant oubli ?

— Désolée, Charlotte, mais tu es trop légère dans la gestion de tes dossiers. Anaïs devait être mise au courant tout de suite.

— Tu ne m'as même pas laissé le temps de le lui dire, et tu viens m'accuser devant elle de ne pas connaître mon boulot. Merci beaucoup !

— Écoute...

— Non, c'est toi qui m'écoutes : ce n'est pas parce que tu ne peux pas blairer Benamou que tu dois te défouler sur moi. Hors de question que je supporte ça.

Laetitia baisse la tête. Elle a l'air mal à l'aise, brusquement. Mon coup de gueule a porté ?

— OK. Tu as raison. J'ai été un peu vite. La prochaine fois, si j'ai l'impression que tu as un problème avec ton dossier, je t'en parlerai avant ton rendez-vous.

— C'est ça. On confrontera nos impressions sur mes soi-disant problèmes, dis-je en faisant volte-face, toujours folle de rage.

L'après-midi, en sortant de la salle de bains, je surprends la conversation téléphonique de Laetitia. Elle pivote nerveusement sur sa chaise de bureau en me tournant le dos et ne remarque pas ma présence. Je m'assois sans faire de bruit et tends l'oreille autant que possible : ça devrait être passionnant, on dirait qu'elle parle de son petit ami.

— Je t'assure, il a tout organisé pour nous cet été. Tout. Il me traite comme une vraie princesse.

Elle émet un petit rire légèrement hystérique et baisse encore d'un ton.

— Ibiza, tu te rends compte !

Je n'en reviens pas. Mes soupçons se confirment, elle sort avec Robinson !

Le lendemain, en arrivant au bureau, je regarde Laetitia autrement, même si elle a toujours ses lèvres peintes crispées, ses cheveux gras tirés et son chemisier noir boutonné jusqu'en haut. Des rides marquent son front, le coin de ses yeux et de sa bouche. Qu'est-ce que Robinson peut bien lui trouver, avec son look de gosse de riche ? Ses formes généreuses ? Ou des compétences sexuelles insoupçonnées ? Je l'observe, concentrée devant son ordinateur, quand

Christel me convoque. Elle a l'air d'une humeur de chien.

— Laetitia m'a dit que vous aviez fait une belle bourde, avec Anaïs. Enfin, Charlotte, par pitié, n'importe qui mais pas Anaïs ! Laetitia en a marre de rattraper vos boulettes. Je suis déçue, vous ne progressez pas assez vite.

— Mais c'est n'importe quoi ! Elle ne m'a pas laissé le temps d'expliquer que le mariage avait été repoussé. Et ça ne changeait rien, d'ailleurs, pour les fleurs ! C'est dingue, ça, Laetitia cherche à me discréditer auprès d'Anaïs, et maintenant elle le fait avec vous !

— Règle numéro une dans mon équipe, Charlotte, on ne dit pas du mal de ses collègues. Je vous rappelle que je suis en pleine négo avec Gilbert, alors faites un effort, bon sang ! Je ne peux pas me permettre d'avoir une employée qui manque d'implication et de motivation. Et depuis le temps que vous êtes avec nous, vous devriez être opérationnelle.

Inutile de me défendre, Laetitia m'a bien savonné la planche. J'ai envie de la coller au mur, cette garce. Je me demande ce que penserait Christel de sa relation avec son fils adoré. Ce n'est pas du détournement de mineur, mais presque !

Je ferme la porte qui sépare le bureau de Christel du nôtre et fonce sur Laetitia.

— Qu'est-ce que tu trafiques ? Tu veux me faire virer, c'est ça ?

— Je ne vois pas de quoi tu parles.

— Avec Anaïs, non ? Tu ne vois pas ? Vas-y, attaque-toi à moi, ça ne réglera pas ton problème avec Benamou. Parce que maintenant il n'y a plus que lui qui compte pour ta Christel adorée. Toi, tu n'es rien.

— Mais tu es complètement folle ! hurle Laetitia.

Son cou et son décolleté se couvrent de plaques rouges qui doivent la brûler, et elle pose aussitôt ses mains sur sa peau.

— Tu m'agresses ! Arrête tout de suite, je ne t'ai rien fait ! continue-t-elle en criant plus fort.

Je recule, horrifiée.

En rentrant chez moi, le soir, je ne me suis toujours pas remise de mes émotions de la matinée. D'ailleurs, je n'ai rien pu faire de la journée, tant je suis sous le choc. Laetitia essaie de me faire passer pour une incapable, et maintenant pour une personne violente. Si elle continue son petit manège, Christel va finir par la croire.

Je m'assois sur un banc du parc pour réfléchir et tenter de me ressaisir. Je ne peux pas me présenter à la maison dans cet état, Alexandre va encore m'engueuler. Et franchement, j'ai eu ma dose de critiques, aujourd'hui.

Quelqu'un s'assoit à côté de moi.

— Salut ! Tu as l'air toute triste, ce soir. Tu vas bien ?

— Markus ! Ça fait plaisir de te voir !

— Content de t'apporter un peu de joie. Qu'est-ce qui t'arrive ?

— Rien. C'est mon nouveau boulot. Ça devient l'enfer. Ma collègue est cinglée. Ou une grande manipulatrice, je ne sais pas. Et ma boss est en train de s'associer, alors elle est flippée et hyper désagréable.

— Ça va passer, tu verras. C'est juste une période difficile. Ça va s'arranger.

— Ou pas. Mais qu'est-ce qu'on y peut ? Et toi, quoi de neuf ?

— Pas grand-chose. J'allais rentrer et monter écouter Victoire, tu m'accompagnes ? Ça va nous détendre. Surtout toi, dit-il en entourant mes épaules de son bras.

— Bonne idée.

Victoire a malheureusement terminé sa répétition quand on arrive dans sa petite chambre de bonne.

— Désolée : pour la sonate de Bach, il faudra revenir demain, dit-elle en riant.

— Dommage, j'ai trouvé Charlotte toute malheureuse sur un banc, je voulais que tu lui remontes le moral.

— Markus, tu es vraiment nul en musique. Il t'apprend quoi, Jérôme ?

— Qu'est-ce que j'ai dit ?

— Une sonate de Bach pour se remonter le moral ?

Puis, se tournant vers moi :

— Qu'est-ce qui t'arrive, Charlotte ?

— S'il vous plaît, on parle de tout sauf de moi. Compris ?

— Oh, d'accord.

— D'ailleurs, tu es retournée voir les croix bizarres sur le mur, depuis la dernière fois ?

— Quelles croix ? demande Markus.

— On a trouvé des inscriptions derrière un meuble, l'autre jour, mais on n'a pas eu le temps de bien voir, Guy est arrivé.

— Et Guy n'aime pas qu'on mette trop notre nez partout, explique Victoire. Mais non, j'avais complètement oublié ce truc, en fait.

— C'est où ? questionne Markus. On peut jeter un œil ?

On pousse le vieux meuble de rangement et on s'accroupit devant le mur.

— C'est bien ce qu'on avait dit, c'est un calendrier qu'avaient dû graver les deux petits garçons.

— Et regardez ! intervient Markus. Là, c'est écrit 1978, et là 1979.

— Qui est venu faire ça ici ? C'était inhabité.

— Sûrement un enfant qui venait jouer, suggère Markus.

— Bien sûr ! s'écrie Victoire. Le même gosse qui avait caché ses jouets. Avec Margaux, on a retrouvé une boîte en fer dans la cheminée. Il y avait des petites voitures et des billes à l'intérieur. Vous auriez vu la tête de Guy quand on les lui a données.

— Il faudrait peut-être lui montrer ça aussi, non ? suggère Markus.

— Il va encore se sentir mal. En plus, il nous a certifié qu'il n'y avait pas d'enfant, dans l'immeuble, juste lui et son petit frère, et qu'ils ne venaient jamais à l'étage. Ils avaient peur des rats.

— Visiblement, Guy ne se souvient pas de tout, dis-je.

— Ou il y a des choses qu'il ignorait, conclut Markus.

16

Depuis que Laetitia m'a hurlé dessus, on ne s'adresse plus la parole et on ne communique que par mails. Quand je le peux, je propose même à mes fournisseurs de me rendre chez eux plutôt que de les faire venir à l'agence. J'ai l'impression que Laetitia m'espionne, qu'elle veut me faire tomber. Mais je ne comprends pas pourquoi. Il y a encore un mois, on se parlait, on déjeunait ensemble.

Aujourd'hui, je rentre d'un rendez-vous à l'extérieur et, au moment où j'ouvre la porte de « Tous en cœur », je la vois derrière mon bureau, penchée au-dessus de mon ordinateur. L'écran étant visible de l'entrée, j'aperçois la fenêtre de mon agenda sur Outlook.

— Qu'est-ce que tu cherches ? je demande sèchement.

— J'avais besoin de savoir où tu étais, tu ne m'as même pas prévenue de ton absence.

— Et ça t'autorise à fouiller dans mon ordinateur ?

— Parfaitement ! On est bien obligées de savoir à quoi tu occupes tes journées, vu que tu ne fous rien !

— On ? Tu veux dire toi et Christel, à qui tu racontes des saloperies sur moi dans mon dos ?

— Je t'interdis de m'attaquer ! crie-t-elle, et quand elle pose les mains sur son cou, je sais qu'il est couvert de plaques rouges.

Elle continue à me hurler des reproches jusqu'à ce que j'aille m'enfermer dans la salle de bains. Je m'assois sur le siège des toilettes et, les coudes posés sur les cuisses, j'enfouis mon visage entre mes mains. Je n'en peux plus. Je ne vais pas tenir longtemps comme ça. Qu'est-ce que je dois faire ? Aller me plaindre auprès de Christel ? J'ai déjà essayé, elle n'est pas de mon côté.

Ce soir, Alexandre rentre tard. Il est parti plusieurs jours pour sa boîte. Dans la pièce plongée dans l'obscurité, je suis recroquevillée sur le canapé, les yeux dans le vide, quand j'entends la clé tourner dans la serrure. Je me lève et j'essaie de l'accueillir d'un sourire, mais il sent tout de suite que quelque chose ne va pas.

— Qu'est-ce que tu fais dans le noir ?

— Rien. Je t'attendais. Ça va ?

— Moi oui, mais alors toi... Regarde-moi ? Tu as une mine affreuse. Tu dois faire peur à tes clients. C'est une agence de mariages, pas des pompes funèbres !

Il rit de sa blague et me prend dans ses bras.

Vexée, je le repousse.

— C'est pas sympa, Alex.

— Quoi ? Qu'est-ce qu'il y a encore ? Je reviens après trois jours d'absence et tu fais déjà la gueule ?

— Tu m'as blessée.

— Ah oui, j'avais oublié que tu avais perdu ton sens de l'humour. Franchement, ça devient pesant, à la longue. On a tout pour être heureux ! Ma boîte démarre super bien, les enfants vont bien, et toi tu tires la gueule H24.

— Je te pèse ? Je viens gâcher ton petit confort parce que j'ai un boulot de merde, avec une collègue cinglée qui me harcèle et une boss qui s'en fout ? Tu sais quoi ? Je suis vraiment, vraiment désolée de gâcher ta vie et ton bonheur.

— Qu'est-ce qui se passe ? demande une petite voix rauque.

Lou. On l'a réveillée à force de crier.

— Rien. Va te coucher tout de suite, répond Alexandre.

— Vous vous disputez ?

— Lou, file au lit.

— Maman, c'est vrai, tu es tout le temps énervée en ce moment. On ne peut plus blaguer comme avant, je ne te fais plus jamais rigoler...

— Ah, tu vois ? Même Lou s'en rend compte.

J'éclate en sanglots. D'Alexandre je peux tout supporter, même si je suis furieuse contre lui. Mais les paroles de Lou me bouleversent. Me font prendre conscience que je suis à bout.

Ma fille se jette dans mes bras.

— Pardon maman, je ne voulais pas te faire pleurer, je suis désolée.

Je caresse ses cheveux puis la serre très fort contre moi.

Samedi soir, on est invités à dîner chez Markus et Jérôme, avec Leïla et Léon. Pour être tranquilles, on a demandé à Chloé, notre baby-sitter, de venir garder les enfants. Lou l'adore. Mais pour la forme, elle proteste parce que Léon a le droit de venir et pas elle. Alexandre la recadre vite en s'énervant, comme d'habitude. Lou n'insiste pas, elle sait qu'elle va passer une très bonne soirée sans nous, à jouer avec Chloé au lieu d'aller dormir. Je la connais par cœur, ma fille, et la baby-sitter n'a aucune autorité sur elle. Je veux dire : encore moins que nous !

Jérôme est un super cuisinier, et lui et son mari sont drôles, généreux, ils sont tout ce dont j'ai besoin en ce moment. Jérôme qui connaît à peine Leïla et Léon les mitraille de questions.

— Il y a un bruit bizarre dans votre entrée, l'interrompt Alexandre pendant l'apéritif. C'est quoi ?

— Rien, c'est le chat qui gratte à la porte, il veut sortir. J'arrive, mon Sigmund, dit Markus en se dirigeant vers l'entrée.

Léon, dubitatif, se tourne vers sa mère et chuchote :

— Sigmund ?

— Oui, intervient Jérôme, Markus est fan.

Léon lance un regard perplexe à sa mère.

— Vous laissez sortir le chat ? demande Alexandre.

— On ne peut pas le garder enfermé ici. Et puis il va voir ses copains au rez-de-chaussée. Tu sais, les chats d'Isabelle ? Il va gratter à sa porte et miauler jusqu'à ce qu'elle lui ouvre.

— Elle vous le garde ?

— Non, il passe une petite heure chez elle et ensuite, quand il en a marre, il remonte. Il est très sociable. Bon, et à part ça, Leïla, Markus m'a dit que tu étais une reine du marketing ?

— J'étais. Je me suis fait détrôner depuis que ma boîte a été rachetée et qu'on m'a mise au placard.

— Oh, ma pauvre ! C'est définitif, tu crois ?

— J'en suis certaine.

— Pourquoi tu dis ça ? je demande.

— Vous voulez que je vous raconte comment ça se passe, pour moi ?

On hoche tous la tête.

— La semaine dernière, par exemple, j'ai été convoquée par le directeur de mon département. Il a cinquante-deux ans, vingt ans d'expérience dans la société. On lui a adjoint les services d'une nouvelle recrue, une jeune femme à peine trentenaire embauchée pour le conseiller. Sur quoi au juste ? Aucune idée. En tout cas, elle est belle, grande, mince, elle adore les talons aiguilles et les petites jupes courtes, vous voyez un peu ?

— Tout à fait ! dit Alexandre.

— Notre directeur, Maxence, a décidé de lui présenter tous les membres de l'équipe. Donc l'autre jour, c'était mon tour.

— Et alors ? je demande.

— Je vous raconte comment Maxence m'a présentée ?

On hoche de nouveau la tête, captivés.

— « Chez nous, il y a les gens qui s'en vont, ceux qui sont virés, et ceux qui restent. » Sous-entendu : « Ceux qui ne peuvent pas faire autrement que de rester. » « Tu vois, Leïla appartient à la troisième catégorie : elle est là depuis très longtemps. » Et là il se tourne vers moi : « Depuis quel siècle ? Le XVIIIe, le XIXe ? »

— Non ! J'y crois pas ! Il t'a vraiment demandé ça ? s'écrie Markus.

— Attends, ce n'est pas fini ! Je lui dis que je suis arrivée en 1999 et là, échange de sourires entendus entre les deux. Ensuite, ils me demandent d'expliquer mon travail. Au bout d'un moment, je m'arrête, ils sont en train de se marrer ! Je leur demande : « Je vous fais rire ? » et là Maxence me raconte un truc débile, comme quoi il vient de se resservir dans la boîte de biscuits (ils ne m'en ont pas proposé) et son adjointe lui a jeté un regard critique, et ils trouvent ça hyper drôle. Je leur ai dit que j'avais une réunion et je suis partie.

— Je n'en reviens pas. Alors c'est ça, la vie en entreprise ? demande Jérôme, stupéfait.

— Dans les entreprises qui vont mal, c'est toujours pire, remarque Alexandre.

— Pauvre Leïla. Tu n'essaies pas de partir ? demande Markus.

— À mon âge, ce n'est pas évident.

— Ne dis pas ça ! Et surtout arrête de le croire, affirme Alexandre.

— Ah bon ? C'est pourtant bien le message qui circule dans le monde du travail, répond Leïla sombrement.

— Je sais mais c'est faux ! On essaie de vous le faire croire pour que vous acceptiez des salaires de débutantes, mais en réalité, il y a tout à gagner à vous embaucher : l'expérience, la fin des congés maternité, des enfants déjà grands… Vous êtes idéales !

Leïla reste songeuse. Je crois qu'Alexandre a marqué un point. Parfois, il peut être sympa, mon mari…

Vers 1 heure du matin, alors qu'on s'apprête à aller se coucher, Alexandre est bien plus gentil avec moi.

— Tu étais très belle, ce soir, me dit-il pendant qu'on se déshabille dans la salle de bains.

Il m'enlace, me caresse, et sa douceur, cette intimité retrouvée me réchauffe le cœur. La nuit qu'on passe tous les deux me rappelle celles de notre période d'insouciance, avant que je commence à travailler chez « Tous en cœur », il n'y a pourtant que quelques mois. Des mois qui me paraissent une éternité.

Au petit matin, je suis réveillée par un cauchemar : je suis dans la rue et quelqu'un m'agresse, me traîne au sol. Je n'arrive pas à crier. Puis tout d'un coup, un homme m'arrache à mon attaquant et, comme dans un mélo, il me tend les mains pour m'aider à me relever. Il me scrute avec amour, il a l'air inquiet. Mais ce n'est pas Alexandre. Il est plus âgé. Je crois reconnaître son regard doux...

Le lendemain, au petit déjeuner, un nouvel orage éclate entre mon mari et moi quand il me parle de la veille.

— Leïla m'a fait de la peine. Il faut vraiment qu'elle quitte son boulot. Si elle attend trop, elle sera tellement détruite qu'elle sera incapable d'en trouver un autre.

— Elle n'a déjà plus l'énergie, on dirait.

Alexandre m'observe d'un air critique.

— Quoi ? dis-je sur la défensive.

— Je ne voudrais pas te vexer mais quand même. Leïla est sacrément courageuse. Ça fait combien de temps qu'elle est dans cette boîte ?

— Et alors ?

— Et alors, rien. Regarde, moi, toutes ces années pendant lesquelles j'ai subi un management de merde. Et toi ? Tu as tenu quoi... deux mois ?

— C'est dégueulasse !

Je me lève et pars m'enfermer dans la salle de bains. Assise sur les toilettes, le visage enfoui entre mes mains, j'ai une curieuse impression de déjà-vu.

Août

17

L'immeuble s'est vidé. On n'entend même plus résonner le violon dans la cage d'escalier. Victoire a posé ses quartiers d'été dans le Sud où elle compte séjourner jusqu'en septembre. Leïla est partie avec Léon pour leur tour de l'Italie puis, la semaine suivante, c'est Alexandre et les enfants qui m'ont quittée, direction la Bretagne. Mon mari est censé rester quinze jours chez ses parents mais me menace toujours d'y passer tout le mois d'août tant il me trouve pénible. Théo est le seul voisin que je croise encore. Comme beaucoup d'étudiants, il reste à Paris pour faire à temps plein des petits boulots qui l'aideront financièrement pendant l'année.

Au bureau, je respire aussi. Laetitia est en congés pendant deux semaines et je suis seule avec Christel, qui est rarement là. Pourtant, j'aimerais mettre à profit l'absence de ma collègue pour essayer de me rapprocher de ma cheffe. Pour le moment, elle m'adresse très peu la parole.

Ce matin, elle est absente quand on sonne à l'Interphone. Je n'attends personne. Je n'en reviens pas, c'est Robinson.

— Bonjour, Charlotte, ma mère n'est pas là ? demande-t-il en entrant. On avait rendez-vous.

— Elle ne devrait pas tarder. Mais... vous n'êtes pas en vacances ?

— Ouais, j'ai le seum'. Je devais partir à Ibiza avec mon meilleur pote, mais il a tellement déconné que ses parents ont annulé son billet.

Mais, et Laetitia ? Il partait avec Laetitia, non ? Je ne comprends plus rien.

— T'inquiète, je pars au Cap Ferret dans la maison de mon copain d'enfance. Ça va pas être ouf, mais au calme.

Il me lance son sourire désarmant de beau gosse sûr de son charme. Je comprends que Laetitia ait craqué sur lui mais je suis perplexe. J'ai tout imaginé ?

Christel arrive quelques minutes plus tard et le fait entrer dans son bureau pour lui donner, je suppose, l'enveloppe nécessaire à son séjour moyennement « ouf » au Cap Ferret.

Après le départ de Robinson, j'attends que Christel vienne me parler pour la questionner discrètement sur Laetitia.

— Au fait, je ne sais pas où est partie Laetitia, pour ses vacances, on n'a pas eu le temps d'en discuter.

Christel s'assoit derrière la table de travail de ma collègue et commence à tripoter les petites figurines qui lui servent de déco.

— Notre Léti a une âme d'enfant, au fond, dit-elle en me montrant l'un de ses Minions en plastique. Elle ne vous a pas dit où elle allait ? Ça ne m'étonne pas, c'est tout sauf glamour. Chaque année, elle loue le même petit appartement à Royan avec sa mère, qui est originaire de la région.

Ça, c'est un scoop ! Il n'y a donc jamais eu de projet avec Robinson ? Je digère l'information comme je peux avant de continuer :

— Elle n'a plus son père ?

— Si j'ai bien compris, il est parti quand elle était petite et elle n'a plus jamais eu de ses nouvelles.

— C'est triste.

— Oui. Pauvre Laetitia. Je suis un peu sa famille, maintenant. Vous avez vu les photos de nous sur son bureau ? Même mon mari et mon fils font partie de son univers.

Si elle savait à quel point ! Enfin, dans ses rêves, visiblement.

Christel époussette machinalement les cadres de Laetitia.

— Je suppose qu'elle ne vous a pas expliqué non plus qu'elle vivait avec sa mère ?

— Quoi ?

— Eh oui, c'est spécial, hein ? C'est une femme hyper autoritaire. Ça vous aide à comprendre pourquoi Laetitia est tellement coincée et sinistre ! remarque Christel en riant.

Je déglutis. Je ne vois pas ce qu'il y a de drôle. Laetitia a une vie lugubre et m'a menti sur toute la ligne.

— C'est à cause de sa mère qu'elle n'a pas fait sa vie, vous pensez ?

— Exactement. Elle s'est sacrifiée. Sa mère voulait se la garder comme dame de compagnie ou bonniche. Il faut la voir, cette femme, une vraie sorcière.

— À ce point-là ?

— Pire, même ! s'esclaffe Christel. Elle a tenu à me rencontrer quand j'ai engagé Laetitia, comme si elle voulait vérifier qui j'étais avant de me confier sa fille de trente ans. Elle m'a fait peur ! Ah, qu'est-ce qu'on a ri avec mon mari quand je lui ai raconté. J'ai eu l'impression qu'elle me faisait passer un entretien d'embauche.

J'écoute Christel, de plus en plus décontenancée.

— Et toujours souffrante, avec ça, continue-t-elle. Très dépressive. Elle utilise ses maladies pour empêcher sa fille de la quitter, vous voyez le genre ? La mère abusive dans toute sa splendeur. Laetitia est faible, elle n'aurait jamais dû se laisser faire, si vous voulez mon avis. Enfin, c'est son problème. Moi, du moment qu'elle fait bien son travail.

« Bon, ce n'est pas tout ça, ma petite Charlotte, mais je dois vous laisser. Gilbert m'attend à déjeuner pour me présenter un gros client. Ciao !

Donc, cette histoire avec Robinson est complètement fausse. Fantasmée par Laetitia. Elle a une vie tellement atroce qu'elle s'en invente une autre. Mais alors, les conversations téléphoniques avec ses copines ? Et la bague de fiançailles ? Il existe quand même, son fiancé, ou c'est un autre mensonge ? Quelle que soit la vérité, c'est glauque. Glauquissime. Malgré tout ce qu'elle me fait endurer, j'ai pitié d'elle. Mais je me sens aussi hyper mal à l'aise.

Ce soir, toute seule chez moi, je m'installe sur mon grand canapé, retire de sous mes fesses et d'entre les coussins tous les jouets improbables que Gabriel a abandonnés et me cale tout au fond, avec une bière fraîche et des chips. Je n'arrive pas à penser à autre chose qu'à Laetitia, à sa vie sordide avec son horrible mère et à celle qu'elle s'est fabriquée. Je comprends peut-être un peu mieux son attachement à Christel et à son travail. C'est son échappatoire, au fond.

On sonne à la porte. Je sursaute : je n'attends personne. À travers l'œilleton, je reconnais Thomas. Aussitôt, mon cœur se met à battre à toute allure.

— Thomas ! Tu es rentré ? dis-je en lui ouvrant.

Il est beau, avec sa peau bronzée et ses traits reposés.

— Je me suis dit que je passerais récupérer mes clés… et demander comment vous alliez.

— Tout le monde est parti. Je prenais une bière pour me détendre. Tu en veux une ? Ou les enfants t'attendent ? dis-je, mais je connais parfaitement la réponse.

— Non, ils sont restés là-bas.

— Entre.

Assis tous les deux sur le canapé, on pioche dans le bol de chips pendant que Thomas me donne des nouvelles de ses enfants.

— Tu vas travailler tout le mois d'août ? je lui demande.

— Je prends deux-trois jours pour le pont du 15 août, mais oui, j'aime bien faire la permanence au bureau pendant que mes collègues sont absents. J'ai l'impression d'être en vacances. Et toi ? Tu n'as le droit à aucun jour de congé ?

— Je débute. Et l'été, il se passe pas mal de choses dans le domaine des mariages.

Je ne trouve rien à ajouter, je ne sais plus quelle question lui poser, et Thomas ne semble pas plus éclairé que moi. Le silence, embarrassant, s'étire. Au moment où je trouve un sujet de conversation et me lance, Thomas se met à parler aussi, et nos mots s'entrechoquent.

— Vas-y, toi, me dit Thomas.

— Non... Je me demandais juste, c'est quoi, en fait, ton boulot ?

— Je suis chercheur en économie à la Banque de France.

— Waouh ! Je suis impressionnée.

— Pas la peine.

— Et tu cherches quoi, au juste ?

— Je suis spécialisé en politique monétaire. En ce moment, j'étudie les conséquences de l'inflation sur la fixation des prix et des salaires.

— Eh bien, ça change de mes études sur les péniches et les pièces montées !

— Charlotte, arrête de te diminuer. Tu es brillante, tu es...

Il s'approche de moi.

— Tu es très belle, dit-il et, posant sa main sur ma cuisse, il plaque doucement ses lèvres contre les miennes.

La suite est un ballet de caresses, de vêtements jetés dans la pièce et de désirs jusqu'ici refoulés, soudain libérés. Mais brusquement, je me fige.

— Attends, Thomas. Je ne peux pas. Je... Alexandre...

Thomas me regarde et s'allonge à côté de moi sur le sol où nous avons glissé. Il repousse les cheveux de mon visage.

— Pardon, Charlotte, j'en avais envie depuis tellement longtemps. Peut-être depuis notre première matinée au parc.

— C'est vrai ?

— Je crois. Et toi ?

— Je ne sais pas, dis-je, embarrassée.

Je n'ai pas connu d'autre homme depuis Alexandre, et je n'avais que vingt et un ans quand on s'est rencontrés. C'est dire à quel point je suis paumée. Intimidée, aussi. C'est si étrange, après toutes ces années, de se retrouver allongée, nue sur le tapis du salon, avec un autre homme que lui. Un homme dont je me sens amoureuse et qui m'attire. Mais je ne suis pas prête à franchir le pas, à le tromper. J'en suis incapable.

Mon téléphone sonne. Je me redresse et l'attrape sur la table basse.

— Alexandre.

On se regarde, et nos yeux expriment notre tristesse pour ce moment qui s'achève, pour notre histoire qui ne peut pas être.

Pendant que, gênée, je parle à Alexandre, Thomas se rhabille. Il vient déposer un baiser sur mon épaule et s'en va en refermant tout doucement la porte derrière lui.

Et en oubliant de reprendre ses clés.

18

Ma conversation avec Alexandre s'est mal passée. Il m'a trouvée bizarre et absente. S'il savait ! Il a fini par me laisser parler aux enfants et avec eux je me suis ressaisie ; j'ai oublié Thomas, ses gestes tendres, mon désir et les sentiments troubles qu'il éveille en moi. Lou m'a expliqué qu'elle voulait un téléphone portable pour la rentrée. Qu'ils en font de très bien entièrement recyclés. Et que nous, les parents, on devrait faire pareil au lieu de détruire la planète. Un téléphone à neuf ans, et puis quoi, encore ? lui ai-je dit. Sur ce, elle m'a fait remarquer que j'éludais la question des téléphones recyclés. Qui lui a parlé de ça ? Sans doute une de ses cousines ados. Elle m'a à peine dit au revoir avant de me passer Gabriel, qui m'a répété que je lui manquais et que je devais venir tout de suite pour lui lire son histoire du soir. Au moins un membre de ma famille qui a envie de me voir…

Durant toute la journée du lendemain, je tente de me concentrer sur mon travail et de ne pas réfléchir au reste de ma vie, ce que je parviens assez bien à faire tant l'activité est intense.

Mais dès que je me retrouve dans le parc pour rentrer à la maison, mes pensées se bousculent, mon pouls s'accélère. Tout me rappelle Thomas, la veille : le soleil toujours brûlant et la brise qui caressent ma peau, les couples qui se tiennent par la main, mon cœur qui bat plus fort.

Chez moi, j'appelle Alexandre, qui me passe presque aussitôt les enfants ; je dîne sans faim, fais un tour dans la salle de bains et me scrute longuement dans le miroir, les mains agrippées aux bords du lavabo. J'inspire, me penche tout contre la glace et, sur une impulsion, je dépose un baiser sur les lèvres de mon reflet. Puis je sors de la pièce. Sur le guéridon de l'entrée, dans un fouillis de piécettes et de gadgets en plastique appartenant aux enfants, j'attrape le trousseau de Thomas.

Il est chez lui. Et étonné de me voir.

— Tu es seul ? je murmure.

— Oui, pourquoi ?

— Tu as oublié ça, lui dis-je en lui tendant ses clés.

Puis je me glisse à l'intérieur de son appartement et referme la porte derrière moi.

Je suis restée toute la nuit avec Thomas. Et les suivantes aussi. On s'est promenés dans Paris, par prudence loin de notre 19ᵉ. On a dîné dans des restaurants, pris des verres en terrasse, humé l'air de Paris au mois d'août et arpenté le bitume d'une ville plus gaie et moins frénétique ; on a parlé de nous et de plein d'autres choses, et on a passé un temps infini dans son lit. Le week-end, on ne s'est pas quittés, sauf quand j'ai appelé mes enfants et lui les siens. Comme deux gamins qui préparent leurs mauvais coups, on a écouté les bruits de la cage d'escalier avant de sortir de chez Thomas pour ne pas nous faire surprendre. Chaque matin, j'ai quitté en douce, sur la pointe des pieds, son appartement pour rejoindre le mien en courant. On a pris l'habitude, aussi, de se retrouver en bas de l'avenue Laumière pour nos promenades nocturnes. Un voisin, un parent d'élèves, n'importe qui pourrait nous voir ensemble, même si la plupart des gens sont en vacances, loin d'ici. C'est à la fois terrifiant et excitant.

La deuxième semaine de notre liaison a commencé. Alexandre, censé partir dimanche, n'a pas l'air pressé de rentrer, et c'est tant mieux. Il dit qu'il arrive enfin à se détendre et qu'il travaille bien. Et il hésite aussi à laisser trop longtemps ses parents, qu'il trouve fatigués, en charge de nos enfants. Il veut savoir si ça m'ennuie. Curieusement, lui qui n'était pas du tout sympa avec moi au téléphone ces derniers temps semble déçu quand je lui dis qu'il peut faire comme il veut. Il voulait que je le supplie de rentrer en lui disant qu'il me manquait ?

En réalité, je lui en veux, et je m'en veux aussi. Et si la semaine qui s'est écoulée ressemble à un rêve éveillé, les visages de ma famille ont souvent surgi dans ma tête sans prévenir, me ramenant à la réalité et à un fort sentiment de culpabilité.

Où cette aventure va-t-elle m'entraîner ? Qu'est-ce qu'on va devenir, moi, Thomas, Alexandre ? Thomas m'assure qu'on doit profiter du moment présent et vivre au jour le jour, qu'il sera bien temps de réfléchir, après. Mais nos heures tous les deux sont comptées, et j'ai peur. Je ne sais même pas si Alexandre revient ce week-end ou s'il prolonge son séjour. Son incertitude, ses réponses évasives sont comme une épée de Damoclès. Mon bonheur, court mais intense, est suspendu à ses envies, et il s'apparente aussi à une torture.

Enfin, le jeudi, il m'annonce qu'il prolonge son séjour chez ses parents.

— Jusqu'à quand ?

— Je ne sais pas. La fin du mois ? Ça dépendra si j'arrive à supporter la cohabitation avec mes parents encore quinze jours.

Alors que je m'apprête à raccrocher, Alexandre me retient.

— Charlotte, attends ! Je t'aime, tu sais ?

— Oui, oui, moi aussi, dis-je avant de raccrocher, mal à l'aise et furieuse à la fois.

Thomas, lui, part comme prévu retrouver ses enfants pour le pont du 15 août. De mon côté, je serai en Bourgogne avec Christel pour un très grand mariage. On se retrouvera donc dimanche soir.

Jeudi, j'accompagne Thomas à la gare, parce que j'ai envie d'être avec lui le plus longtemps possible. Puis je rentre chez moi dans un état d'angoisse et de manque.

Samedi aux aurores, je pars rejoindre Christel dans un superbe manoir. Le mariage est épuisant, avec son lot de couacs de dernière minute, comme le manque de personnel pour préparer une salle entière de deux cents couverts. Christel et moi on se transforme en femmes de peine, portant et déplaçant les tables et les chaises. La mariée, j'ignore pourquoi, pleure beaucoup et semble plus proche de Christel que de sa propre mère. Là encore, ma patronne m'inspire un certain respect. Elle a un don de soi, une patience admirables. À la fois nounou et psychologue de la mariée, elle apporte aussi une vraie énergie à la fête qu'elle tient à bout de bras. Si elle pouvait se montrer aussi généreuse et attentive avec Laetitia et moi, aussi bienveillante pour apaiser nos conflits...

Dimanche matin, un employé du manoir me dépose à la gare et, quelques heures plus tard, je me retrouve dans le silence de mon appartement. Que faire de cet après-midi, à attendre le retour de

Thomas ? De nouveau, je suis seule, confrontée à mes pensées. Qu'est-ce qui me serre le plus le cœur ? Ce que je fais à mon couple ou l'absence de Thomas ? Le vide que je ressens quand il n'est pas là, ou la situation inextricable dans laquelle je me suis mise ?

Dimanche soir arrive enfin et Thomas est là, avec moi. En le voyant dans l'embrasure de ma porte, j'éclate en sanglots.

— Pourquoi tu pleures ?

— Je ne sais pas. Parce que tu es revenu. Ou parce que notre histoire n'a pas d'avenir.

— Arrête de dire ça.

— Je suis mariée, tu t'en souviens ?

Il soupire.

— Je ne pense qu'à ça.

— Seulement à ça ?

— Et au fait que je suis amoureux de toi. Charlotte, qu'est-ce que tu veux ?

— Je ne sais pas. Mais je tiens à ma famille et…

— Chut, murmure-t-il, pas maintenant. Viens.

Il me prend la main et m'emmène chez lui, jusqu'à sa chambre.

Le lendemain, je suis sous le choc en découvrant Laetitia au bureau, déjà au travail à son ordinateur. Je l'avais complètement oubliée ! Bien sûr, elle rentrait aujourd'hui… Elle est presque aussi blafarde que d'habitude et son visage est complètement fermé. Elle me dit à peine bonjour. Les hostilités reprennent et je me sens brusquement désespérée.

Je le suis encore plus quand je vérifie mes messages. Depuis 8 heures ce matin, Laetitia m'a déjà envoyé une dizaine de mails écrits sur un ton autoritaire et en fait suivre un tas d'autres. J'ai envie de la tuer. Alors on recommence tout là où on s'était arrêtées avant son départ ? Une communication limitée à une avalanche de mails agressifs ?

Quand Christel arrive, les joues de ma collègue s'empourprent et elle bondit de sa chaise. Notre cheffe est de très bonne humeur, elle part en vacances mardi soir, même si elle a quand même prévu de travailler samedi prochain. Christel ne s'arrête jamais. Pour sa première semaine de congé, elle et son mari séjourneront dans un hôtel de luxe, dans le Var. Mais cette destination n'est pas un hasard : ils sont très amis avec les propriétaires, qui louent les lieux pour toutes sortes d'événements. Et pendant le week-end, Christel y orchestrera un mariage organisé par notre agence.

— Eh bien, Léti, on n'a pas beaucoup peaufiné son bronzage, cet été, dit-elle, narquoise. Pense à ta vitamine D, hein ! C'est important, avec l'âge. Sinon, tu as fait un point avec Charlotte pour savoir où on en est ?

Laetitia me jette un œil noir avant de reposer les yeux sur sa patronne vénérée.

— J'aurais bien aimé, mais elle n'a pas l'air disponible.

Christel me lance un regard interrogateur.

— J'ai été trop occupée à répondre au flot de mails que m'a envoyés Laetitia, mais si elle est disponible en vrai, et non par courrier, c'est quand elle veut.

— Tu vois, Léti ? Allez, viens, on a un tas de choses à régler avant mon départ, toi et moi.

Je la hais. Elle est comme un nuage toxique qui m'asphyxie.

Désormais, mes journées sont cauchemardesques. Seule avec Laetitia depuis le départ de Christel, je subis sans arrêt ses réflexions aigres et ses courriers belliqueux. Le soir, je me réfugie dans les bras de Thomas en ayant peur que ce soit pour la dernière fois. À priori, Alexandre a décidé de ne pas rentrer avant la fin du mois et il nous reste une autre semaine ensemble. Mais après ?

Déjà, le quartier se remplit ainsi que l'immeuble. Jeudi soir, Leïla et Léon sont de retour et ils viennent sonner à ma porte.

— Charlotte ! J'ai rapporté une bonne bouteille de vin et un fromage italien. Viens manger avec nous, si tu n'as rien de prévu. Je suis contente de te voir ! s'écrie Leïla.

— Et moi de vous voir de retour, dis-je en me forçant à sourire.

— Thomas est là aussi, non ? enchaîne Leïla.

— Oui, je crois qu'il est rentré.

— Je vais lui proposer de se joindre à nous. Descends dès que tu peux !

Quelle soirée étrange… Thomas et moi, on a tout le temps peur de se trahir par un regard ou par une simple gaffe ; on n'a qu'une envie, se retrouver tous les deux. D'un accord tacite, on se concentre sur Leïla, on l'encourage à parler. Et ça tombe bien, elle a une grande nouvelle à nous annoncer.

— Je me suis dit que je ne pouvais plus continuer comme ça, au boulot. Je vais négocier mon départ. J'ai eu le temps de réfléchir, pendant ce mois loin de tout.

— Bravo, Leïla ! lui dis-je. Alors tu n'as plus peur de la suite ?

— J'ai réfléchi à ce que m'avait dit Alexandre. J'arrête de dire que je suis trop vieille. Il a raison : je suis une candidate idéale !

— Génial ! s'exclame Thomas. Et si tu es d'accord, je serai ravi de t'aider. Envoie-moi ton CV, je vais le faire passer à tous les gens que je connais.

— Houlà, attends un peu, je n'ai encore rien fait ! Je n'ai même pas de CV ! dit Leïla, rougissante.

À 23 heures, on se sépare. Chacun rentre chez soi, nos portes claquent. Mon téléphone vibre.

Tu viens ?

J'entrouvre le battant, le referme sans faire de bruit et descends l'escalier sur la pointe des pieds. Je n'allume même pas la lumière du couloir, préférant me fier à celle de la lune. Je toque doucement à la porte de Thomas, qui m'ouvre immédiatement. On s'embrasse comme deux ados qui se cachent de leurs parents.

Le week-end qui s'annonce est compliqué. Quasiment tout le monde est rentré : Guy, Mme Ménard, Margaux… Thomas et moi, on envisage de partir ailleurs. Est-ce jouable ? Suffisamment discret ? Je pourrais peut-être m'inventer un mariage, un appel à l'aide de Christel qui aurait besoin de moi à la dernière minute.

Vendredi, c'est le coup de grâce. À mon arrivée, Laetitia est en pleine conversation téléphonique. Elle me jette un regard noir, fait pivoter sa chaise et me tourne le dos. Très bien. Je m'assois à ma place, allume mon ordinateur et… tends l'oreille. Précaution inutile : elle parle assez fort pour que je l'entende.

— J'aimerais tellement qu'on soit encore à Ibiza, toi et moi… Et si on repartait maintenant ? Hein ? Qu'est-ce que tu en dis ?

Je me sens glacée. Je sais qu'elle a passé ses vacances comme chaque année à Royan avec sa mère et qu'elle n'a jamais eu d'aventure avec Robinson. Alors, soit elle est complètement folle et se parle à elle-même, soit son dialogue imaginaire m'est destiné. Cette seconde hypothèse, la plus probable, est encore plus effrayante ; parce que, sans que j'en comprenne les raisons, Laetitia me mêle intentionnellement à son délire. Cette fille me fout la frousse.

Il faut que je tire ça au clair.

— Laetitia ? lui dis-je quand elle a raccroché. Je suis désolée si je t'ai entendue mais... c'était bien, Ibiza ?

Elle me regarde fixement, comme elle le faisait à mes débuts à l'agence, avant de se décider à me répondre.

— Tu m'as écoutée ?

— Pardon, mais on est dans le même bureau.

— OK. Si tu veux tout savoir, j'ai passé des vacances de rêve avec mon mec. C'est bon, t'es contente ?

De nouvelles plaques apparaissent sur son cou et j'ai peur qu'elle se mette à hurler.

— Ravie pour toi.

Je confirme : Laetitia est complètement cinglée. Je plonge le nez dans mes dossiers et tente de l'ignorer.

Le reste de la matinée, la déferlante de mails reprend puis Laetitia part déjeuner très tôt, murmurant à son téléphone un « J'arrive tout de suite, cœur » qui me donne la chair de poule.

En glissant la clé dans la serrure de l'appartement vers 18 heures, je suis étonnée : la porte n'est pas verrouillée. J'ai oublié de le faire ce matin ? Une silhouette apparaît : Alexandre !

— Mais qu'est-ce que tu fais là ?

— Merci pour l'accueil ! Viens dans mes bras, dit-il en me serrant contre lui puis en m'embrassant.

Nos lèvres se détachent et Alexandre me garde enlacée.

— Tu m'as manqué.

— Ah bon ?

— Évidemment ! Pourquoi ? Pas toi ?

— Tu ne m'as même pas prévenue ! dis-je, éludant la question.

— Je devais ? Tu as prévu de partir, ce week-end ? me demande-t-il en souriant.

— Bien sûr que non !

Je rougis.

Dans le salon où il m'entraîne, Alexandre a préparé un apéro pour nous deux. Il me fait asseoir avec lui sur le canapé.

— Ma chérie, j'ai pas mal réfléchi, chez mes parents, commence-t-il. J'ai beaucoup pensé à nous. On vient de vivre une période difficile pour la première fois. Je sais, j'ai ma part de responsabilité. Même si tu...

— Non, s'il te plaît, ne recommence pas avec tes reproches.

— Tu as raison, ce n'était pas mon intention. Au contraire, j'en ai marre qu'on se dispute tout le temps. Je t'aime, Charlotte, je veux que ça s'arrange.

Sa voix se brise.

— Je suis rentré pour qu'on puisse passer ces deux jours tous les deux, sans enfants. Pour se parler, vraiment.

Je me sens désorientée.

— Quoi ? Qu'est-ce que tu as ? me demande-t-il, soudain inquiet. Tu travailles demain, c'est ça ?

— Non. C'est juste que… je suis surprise, c'est tout.

— Tu ne penses pas qu'il est temps de faire la paix, de s'expliquer ?

— Oui, tu as raison.

Je me blottis de nouveau contre lui, respire son odeur familière. Et me demande ce que je dois faire. Alerter Thomas, sans aucun doute. Ce que je fais rapidement par SMS dès que je me suis éloignée de mon mari. Je n'ose pas imaginer sa réaction, lui qui comme moi s'attendait à partager ce week-end avec moi ; ni ce que nous allons faire. Je me préparais au retour d'Alexandre, mais j'espérais qu'il me restait encore quelques jours.

Aussi étrange que ça puisse paraître, je passe une agréable soirée avec lui. Pendant notre séparation, il a pensé à ma situation à « Tous en cœur » et il m'explique qu'il faut envisager toutes les solutions, y compris ma démission.

Paris aussi lui a manqué et on va manger dans un petit restaurant sur les hauteurs des Buttes-Chaumont, puis boire un dernier verre à une terrasse voisine avant de rentrer chez nous. Cette nuit, ses gestes sont de nouveau passionnés et je retrouve l'homme que j'aime depuis quinze ans. Pourtant, je me sens déchirée. Comme si mon corps gardait l'empreinte de celui de Thomas.

Au petit matin, je découvre un texto de lui :

Charlotte, il faut que je te voie. Qu'on parle.
On devient quoi, nous deux ?

Septembre

19

Lundi matin, Christel est de retour. Nous voilà de nouveau toutes les trois. Laetitia est euphorique, jusqu'à ce que Christel mentionne Gilbert Benamou et la signature de leur association. On va commencer à travailler ensemble et il nous a conviées à une réunion dans les locaux de « Ben Events » la semaine prochaine.

— Gilbert et moi, on a pas mal discuté ces dernières semaines et on a eu plein d'idées qui vont vous plaire, les filles ! Ce type est un génie, et il adore mes projets ! s'écrie-t-elle, ravie. D'ailleurs, Léti, j'ai besoin de tes services pour préparer des documents que Gilbert m'a demandés. Viens dans mon bureau, je vais te faire la liste.

Laetitia est décomposée, ce que Christel ne remarque absolument pas. Comment fait-elle pour ne rien voir ? Je me demande si Laetitia va refuser d'obéir, après sa déclaration de guerre contre Gilbert

Benamou. Non, elle se lève de sa chaise avec son air de chien battu et suit sa cheffe. Elle est pitoyable. Et cinglée, il ne faut pas l'oublier.

À 18 h 30, j'ai rendez-vous au parc, près du belvédère, avec Thomas. Il est déjà là lorsque j'arrive. Il a les traits tirés, l'air malheureux, et je n'ai qu'une envie, l'embrasser et le réconforter. C'est ma faute s'il va mal et c'est insupportable. Mais quand il vient vers moi, mes yeux fouillent de tous les côtés, affolés. Je lui prends le bras et on part marcher dans les petites allées.

— Je ne veux pas te perdre, Charlotte, me dit-il.

— Moi non plus.

— Qu'est-ce que tu veux faire ?

Je n'ai pas le choix.

Je baisse la tête, incapable d'affronter Thomas. Car étrangement, quand je me perds dans ses yeux, j'ai l'impression de connaître ce regard, cet homme, depuis mille ans. Ou d'y voir reflétée une part de moi-même. Ça paraît fou, et il est le seul qui m'inspire cette sensation troublante.

— Je suis désolée, on doit arrêter. Je ne veux pas briser ma famille. Même si je t'aime.

— Et lui, tu l'aimes encore ?

Je croise enfin son regard.

— Je ne sais pas. Peut-être.

Il se détourne violemment.

— Thomas ! Je suis sa femme depuis douze ans, il est le père de mes enfants, je ne peux pas tirer un trait sur lui comme ça !

— Et sur moi, tu peux ? Je suis quoi, moi ? Ton aventure de l'été ?

— Tu sais très bien que non !

On a haussé le ton et des têtes se tournent dans notre direction.

— Rappelle-toi, dis-je en murmurant, quand je t'ai expliqué que je ne voyais pas d'issue à notre histoire, tu m'as répondu de la vivre au jour le jour. Mais aujourd'hui, que veux-tu que je fasse ? Que j'abandonne mes enfants pour venir vivre chez toi ? Que j'explique à Gabriel que je vais aller habiter avec son copain Hyppolite et son papa au premier étage ? Ou que je demande à Alexandre de partir ?

Le regard de Thomas devient brûlant. Il saisit mes deux mains dans les siennes et les serre très fort.

— Alors ne disons rien à personne ! On peut vivre notre amour en cachette !

— Je ne pense pas en être capable...

Je lâche ses mains et baisse la tête, accablée, impuissante.

— Très bien, j'ai compris. Au revoir, Charlotte.

Thomas fait volte-face et, tandis que je l'observe s'éloigner, je me retiens de ne pas le rattraper et de me jeter dans ses bras.

Ce week-end, on a ramené les enfants à la maison. L'appartement vide depuis plus d'un mois a retrouvé son désordre et son vacarme habituels. Lou et Gabriel ont déjà envahi l'espace, récupéré leur territoire. Quand mon fils a demandé à voir son copain Hyppolite, j'ai laissé Alexandre l'emmener. Je doute que Thomas ait envie de me voir débarquer chez lui.

Le mois de septembre a commencé. Au bureau, Laetitia continue de m'en faire baver, en particulier quand Gilbert Benamou apparaît ou que Christel nous parle de lui. Lorsqu'il nous rend visite, maintenant, il est charmant même avec nous deux. Il a toujours un mot gentil, il veut toujours savoir sur quoi on travaille. Enfin, il discute surtout avec moi, puisque Laetitia l'accueille systématiquement de son regard fermé, limite hostile. Je l'aime bien, cet homme, il a l'air d'être un patron sympathique et il est intelligent.

Laetitia vient de me renvoyer une demande de devis complètement raturée, comme quand je suis arrivée à l'agence. Si je pouvais croire à mes débuts que je faisais des erreurs, aujourd'hui j'ai de gros doutes. Pourquoi est-ce que je me planterais uniquement quand Laetitia ne me supporte plus ?

Ce soir, j'emporte les documents et demande à Alexandre de m'aider à les éplucher. J'ai besoin d'un œil extérieur pour nous départager.

— Tu as fait une grosse bourde, là, me dit-il en désignant une page raturée par Laetitia. Désolée, Charlotte, mais elle a raison.

Je détaille la page en question et je m'étrangle.

— Mais... Mais ce n'est pas ce que j'avais mis ! Attends, je vais te retrouver ce que je lui ai donné.

Je ressors mon fichier original. J'ai raison. Je n'avais pas écrit ce que Laetitia a raturé. Non, ce n'est pas de moi !

— Cette salope a falsifié mon document pour faire croire que j'avais tout faux ! Tu te rends compte ? Quelle tarée !

— Tu dois aller montrer ça à ta boss, me dit Alexandre après avoir comparé les deux feuilles.

— C'est ça, Laetitia va nier et Christel, comme à chaque fois, prendra son parti contre moi.

— Mais là, tu as des preuves.

— Je vais dénoncer Laetitia – à perte parce que Christel préfère m'accuser de tout plutôt que de remettre en question son employée servile –, et après on va continuer à travailler ensemble comme si de rien n'était ? Cette fille est tellement cinglée qu'elle commence à me faire peur. Non, je vais régler ça avec elle.

— Alors surtout ne te laisse pas faire.

— Je peux aussi me barrer. Tu crois que c'est agréable, de travailler dans ces conditions ? Franchement ? Tu me comprends maintenant ?

Le lendemain matin, je balance la page raturée et celle d'origine sur son bureau.

— Tu trafiques mon travail, maintenant ? Pour faire croire que je me suis plantée ? T'es dingue ou quoi ?

Laetitia se lève d'un bond et me repousse brutalement des deux mains. Je pars violemment en arrière et me retiens de tomber.

— Ne t'approche pas de moi ! hurle-t-elle.

Je ne suis pas trop rassurée mais j'essaie de ne pas le montrer. Je me redresse.

— Pourquoi ? Tu vas me frapper ?

Maintenant, elle s'avance vers moi, elle a un regard de folle furieuse. Je recule.

— Dégage, fous-moi la paix. T'es rien, de toute façon. Tu ne comptes pas. Bientôt tu ne seras plus là, tu n'as pas ta place ici.

C'est à ce moment que Christel arrive avec son fils, qu'ils nous disent à peine bonjour, aveugles à ce qui se joue entre nous. Ils traversent le bureau et s'enferment dans celui de Christel.

Je m'assois derrière ma table de travail. J'ai eu la trouille, c'est vrai. Mais je suis aussi folle de rage. Je respire un grand coup, et puis je balance :

— Au fait, c'était bien tes vacances à Royan avec ta mère ? C'est sûr, ça vaut pas Ibiza...

Je sais, ça ne règle rien, mais ça fait du bien. Laetitia retient un cri. Je l'ai mouchée, cette salope. Elle se replonge dans son écran.

Le jour suivant, c'est la rentrée des classes. Alexandre est en déplacement, c'est donc moi qui emmène Lou puis Gabriel. Lou entre en CM1 et elle a hâte de retrouver ses copines.

— La famille, franchement je sature, m'explique-t-elle. Vous pouvez me laisser en haut de la rue ? Je ne vais pas me faire accompagner par ma mère et mon petit frère le jour de la rentrée. La loose...

Malgré moi, je scrute Lou d'un regard implorant. C'est idiot, mais je me sens rejetée, comme si ma fille ne voulait plus de moi. J'ai la gorge serrée. La violence de mon conflit avec Laetitia me rend hypersensible, on dirait. Dans ma tête, j'essaie de me raisonner : c'est ridicule, Lou grandit, c'est tout. Je négocie quand même et on la laisse au milieu de la rue Armand-Carrel, qu'elle descend fièrement jusqu'à son école. Gabriel et moi, on reste sur le trottoir à l'observer, et j'attends bêtement qu'elle se retourne, ce qu'elle ne fait pas, bien sûr.

— Allez viens, mon chéri, je t'emmène.

Et c'est là que je croise, en route pour l'école, Thomas et Hyppolite qui fait sa rentrée en CP. Les deux garçons sont ravis de se voir, Thomas et moi, on se regarde fixement. Dans nos yeux des émotions contradictoires défilent : le chagrin, la frustration et un profond malaise. Heureusement, l'heure tourne et chacun doit poursuivre son chemin. Après quelques pas, je ne peux m'empêcher de jeter un regard en arrière, pour apercevoir Thomas qui fait pareil. Je me sens oppressée, triste.

Arrivée à l'agence assez en retard, je suis accueillie pour une fois par Christel.

— Alors, Charlotte, cette rentrée des classes, ça s'est bien passé ?

À bout de nerfs, je sens les larmes me monter aux yeux. Furieuse contre moi et ma faiblesse, je tente de les refouler. Je réponds d'une voix étranglée :

— Oui, très bien.

— On ne dirait pas. Allez, ressaisissez-vous, on a du pain sur la planche ! Je vous rappelle qu'on a notre première réunion d'équipe chez Gilbert demain, ce n'est pas le moment de flancher.

Ce soir, j'ai de nouveaux commentaires sur Instagram. J'ai posté des images du mariage de cet été avec Christel, dans le château. J'avais photographié la salle et les arrangements floraux les plus spectaculaires. Et là, le choc : rougerubis90 est de retour ! J'en prends plein la figure :

Quels goûts de merde !
Et ça se croit professionnelle.
Nul.
À chier.
Pauvre fille faut changer de métier !

Comme la fois précédente, Alexandre réagit tout de suite pour faire disparaître rougerubis90.

— C'est Laetitia, j'en suis sûre, dis-je. On s'est engueulées violemment hier, après le coup des documents trafiqués. Et en plus elle n'a jamais digéré que j'aille à ce mariage pendant ses vacances.

— Mais pourquoi ?

— Parce que j'étais seule avec Christel. Et parce qu'elle est vraiment dingue. Tu sais quoi ? Elle commence à me faire flipper. Tu aurais vu comment elle m'a jetée ! J'ai failli m'effondrer...

— En tout cas elle ne peut plus t'attaquer sur les réseaux.

— Et au boulot ?

— Tu es plus forte qu'elle.

— Physiquement, tu veux dire ? Parce que là, elle m'a agressée physiquement. C'est grave.

— Pardon, mais je vous vois mal en lutteuses de catch !

— Marre-toi. Je t'assure qu'elle fout la trouille, cette tarée.

9 h 15, le lendemain, je suis chez « Ben Events », rue des Francs-Bourgeois. L'agence occupe deux étages d'un magnifique immeuble ancien donnant sur la rue. À l'accueil, la jeune réceptionniste me fait patienter jusqu'à l'arrivée de Christel. La réunion commence à 9 h 30 et, curieusement, Laetitia n'est

pas encore là. Si elle avait pu passer sous un camion ce matin, celle-là, et ne plus jamais réapparaître…

Ma cheffe ne paraît pas inquiète pour autant. Gilbert vient nous chercher et nous guide jusqu'à une salle de réunion. On passe devant des bureaux ultramodernes aux portes vitrées grandes ouvertes, où tout le monde est déjà au travail. On dirait une ruche.

Une jeune femme élégante nous attend dans la pièce spacieuse au parquet gris ardoise et aux murs crème. Une immense table de réunion et un large écran blanc occupent l'espace.

— Je vous présente Camille, mon bras droit, annonce Gilbert.

9 h 29 : de nombreux employés de l'agence nous rejoignent et la salle se remplit. Gilbert nous présente, puis jette un regard interrogateur à Christel.

— Laetitia ne vient pas ?

— Mais si ! La pauvre a dû se perdre, on l'a sortie de sa zone de confort, ricane-t-elle.

Camille distribue à chacun un dossier Powerpoint et allume le projecteur. On commence.

9 h 45 : Laetitia arrive enfin et, je me demande bien pourquoi, s'assoit juste à côté de moi. Elle pose son tote bag sur la table en marmonnant un « bonjour », puis elle attrape le document de la réunion que j'ai mis devant moi, le place entre nous pour pouvoir suivre. Et elle commence à prendre des notes sur mes feuilles. Non mais oh ! c'est mon dossier !

Régulièrement, au cours de la réunion, elle se dépêche de tourner les pages avant même que n'apparaisse le slide suivant, lisse les feuilles, les déplace imperceptiblement vers elle à chaque fois. Bref, elle fait tout pour me rendre hystérique.

On arrive à la dernière page. Laetitia prend la liasse de papiers et la dépose sur son sac. J'ai une envie irrépressible de l'insulter mais je réfléchis. Ce n'est ni le moment ni le lieu.

À cet instant, Camille s'excuse : elle souhaite revenir sur un point et nous demande de reprendre la page 12. Brusquement, je tends le bras, m'empare du document.

— Excuse-moi, Laetitia, c'est mon dossier.

Est-ce qu'elle va hurler et se couvrir de plaques devant Gilbert et Christel ? Non, elle baisse le nez et n'écrit plus rien. Gilbert, par contre, nous observe avec curiosité. S'il parle à Christel de notre comportement infantile, je risque de me faire allumer.

Ce soir, je rentre tard à la maison. J'ai besoin de me ressourcer au parc, de marcher et de respirer. J'avance au hasard, envahie par des pensées sinistres, les yeux rivés au sol. Les joggeurs sont nombreux aujourd'hui, comme chaque jour. Je n'ai pas envie de faire attention pour les éviter, c'est à eux de faire l'effort. L'un d'eux pile devant moi et je lève la tête, prête à m'énerver. Mais c'est Thomas.

— Charlotte. Ça ne va pas ? Tu es toute triste.

— Disons que tout est dur, en ce moment. Et toi, ça va ?

Il me sourit faiblement avant de tendre la main vers mon visage. Il caresse ma joue, et le contact de ses doigts sur ma peau me bouleverse.

— Tu as l'air malheureuse, ma chérie.

Oubliant toute prudence, je me jette dans ses bras et ferme les yeux. Je ne pleurerai pas. Thomas m'enlace et je me presse contre lui. Enfin, on se sépare à regret.

— Pardon, Thomas, j'ai eu une journée horrible. Mais je…

Il m'empêche de continuer d'un baiser sur la bouche. Comme ça m'a manqué.

Je sens alors peser sur moi un regard. Une silhouette fait brusquement volte-face et s'éloigne. Je pense que je la reconnais.

— Thomas, retourne-toi, vite ! Je crois que c'est Leïla. Elle nous a vus.

20

Quelques jours ont passé depuis la réunion chez « Ben Events ». Cet après-midi, Christel me convoque dans son bureau.

— Il a l'air de bien vous apprécier, Gilbert. Il m'a demandé de vous confier plusieurs de ses clients pour des mariages. Ça au moins, vous savez faire, maintenant. Même si Laetitia a encore des doutes. Alors ne me décevez pas, d'accord ?

— Et pour les demandes de devis, je m'adresse à qui ?

— À la comptable de Gilbert.

Yes ! débarrassée de cette tarée de Laetitia ! D'ailleurs, elle a tout entendu, j'avais laissé la porte ouverte. Que pense-t-elle du fait que je pactise avec l'ennemi ?

Sûrement pas du bien : la voilà qui m'observe de son regard de folle. Je m'assois en la fixant droit dans les yeux. C'est un concours, à celle qui aura le regard le plus glacial, le plus assassin. C'est de la haine pure qu'on exprime. On n'a plus aucune barrière.

Samedi après-midi, j'entends le violon de Victoire et monte la voir. Ça fait tellement longtemps que je ne suis pas venue l'écouter ! Margaux est là aussi et je suis heureuse de retrouver mes copines de l'immeuble. On s'est à peine croisées depuis la rentrée. Margaux a passé un été qui l'a un peu stressée : elle a rencontré la famille de Mathieu.

Victoire s'arrête quelques minutes après mon arrivée et vient s'asseoir avec nous.

— Alors, les filles, quoi de beau ?

— Pas grand-chose, dis-je, et toi, ton… ton quoi déjà ? Je ne me souviens plus de quel instrument joue ton nouveau copain, pardon Victoire ! dis-je en me retenant de rire.

— T'inquiète, moi non plus. Enfin, je ne sais pas de qui tu parles, en fait. Cet été je me suis bien marrée, mais en ce moment je n'ai personne.

— Ah bon ? s'écrie Margaux d'un air choqué. Comment ça se fait ?

— Ça peut arriver à des filles très bien, tu sais, réplique Victoire.

— Et toi, Margaux, quand est-ce que j'organise ton mariage ?

— Alors pas tout de suite. Déjà l'épreuve de la famille cet été… Je vais mettre au moins l'année à m'en remettre.

— Pourquoi ? Ils ne sont pas sympas ?

— Si, si, c'est juste que les parents de Mathieu sont séparés. Il a fallu tout faire en deux fois. D'abord sa mère. Elle est gentille mais...

— Mais quoi ?

— Angoissée ! Avec l'air de porter la misère du monde.

— Dépressive, quoi, conclut Victoire.

— Oui, c'est ça. Mais sa grande sœur est cool. Ensuite, on a rencontré la famille du père. La belle-mère, les enfants, les petits-enfants. Je ne sais pas combien ils sont mais ils sont un paquet. Et envahissants... Et ils ne sont qu'à quatre cents kilomètres !

— Ça va, comme distance.

— Pas pour moi, en tout cas. La famille, j'ai du mal. Alors celle des autres !

— Tu as présenté Mathieu à ton oncle et à ton frère ?

— Évidemment. Ça s'est hyper bien passé.

— Ben tu vois ! Et tu l'emmènes quand rencontrer tes parents aux États-Unis ?

— Eh, c'est fini cet interrogatoire ? C'est pas au programme pour le moment.

Margaux se ferme. Sujet délicat, il est temps de passer à autre chose.

— Sinon, vous avez parlé avec la nouvelle voisine du cinquième ? je demande.

— Hermine ? répond Margaux. Oui, elle est très sympa.

— La blonde fadasse ? Moi je lui trouve un air sournois, glisse Victoire.

— N'importe quoi ! s'exclame Margaux. Elle est adorable.

— Mouais, si tu le dis.

Margaux et moi, on échange un coup d'œil. Qu'est-ce qu'elle a contre cette fille souriante et tellement discrète ? Victoire a parfois un sixième sens avec les gens, mais là, je ne vois pas. Ça ne peut pas être de la jalousie, elles sont complètement à l'opposé et Victoire éclipse totalement Hermine.

— Par contre, j'aime bien Leïla et son garçon, celui qui adore le violon. Elle, elle est cool. Elle a juste l'air tellement malheureuse.

— Elle a de gros problèmes à son travail, dis-je. Mais ça va s'arranger.

— C'est plus que ça. Elle est profondément triste.

— Elle n'a pas eu une vie facile, mais elle remonte la pente, dis-je.

— Qu'est-ce qui lui est arrivé ? demande Margaux.

Je soupire.

— Oh, des tas de choses.

— Comme quoi ? Raconte.

— Ben non, elle s'est confiée à moi, je ne vais pas tout déballer.

— Pourquoi pas ? demande Victoire en souriant.

— Victoire ! lance Margaux.

— Le voisin du premier aussi a l'air malheureux, poursuit-elle, et je me raidis.

— Thomas Lefeuvrier ? demande Margaux. Ça fait des mois que je ne l'ai pas vu.

— Je sais : il faudrait le caser avec Leïla ! s'écrie Victoire.

Margaux et Victoire rigolent et je rougis.

— C'est pas si bête, répond Margaux.

Je me lève d'un bond.

— Oh, non ! Il faut que j'y aille, j'ai oublié que... j'ai oublié le rendez-vous de Lou... Pardon, bonne soirée, je file !

Je fonce dans l'escalier et m'arrête au cinquième. Je me sens tellement oppressée que je n'arrive plus à respirer. *Ressaisis-toi, merde !* Au lieu de ça, j'éclate en sanglots silencieux. Comment je vais survivre sans Thomas ? Comment est-ce que je peux oublier son existence, alors que je pense à lui sans arrêt et qu'il vit tout près de moi ? Et que mes voisins n'arrêtent pas de me parler de lui, en l'occurrence pour le caser avec Leïla ?

— Maman, j'ai envie de faire pipi ! crie Gabriel en se contorsionnant devant la porte de l'appartement.

Je suis en train de vider mon sac à main sur le paillasson à la recherche de mes clés.

— Tu pouvais pas y aller à l'école ? répond Lou d'un ton agacé.

— Sois gentille avec ton frère, dis-je en secouant mon sac.

Enfin, mes clés tombent sur le sol.

— Pas trop tôt, commente ma fille.

— Oh, mais qu'est-ce que tu as ? dis-je, énervée à mon tour.

— Pipi ! crie Gabriel.

J'enfonce la clé dans la serrure, la tourne. Non, j'essaie de la faire tourner, mais ça ne marche pas. Je tire sur la clé. Elle est coincée.

— Qu'est-ce qui se passe ? La clé est bloquée.

Je recule, me remets devant la porte, recommence. Rien à faire.

— Laisse, me dit Lou l'air très sûr d'elle.

Évidemment, elle n'y arrive pas plus que moi.

— Maman, j'ai fait dans ma culotte, pleure Gabriel.

— Eh merde, dis-je, découragée. Qu'est-ce qu'on fait ?

— Je vais chez Leïla et Léon pour leur demander de l'aide, annonce Lou, et elle se précipite dans l'escalier.

Je la regarde, ébahie. Ma fille de neuf ans prend les choses en main. Très bien. Je me tourne vers Gabriel, rouge, honteux et malheureux.

— Ce n'est pas grave, mon chéri, ne pleure pas, on va tout arranger.

— Papa ! Je veux papa !

— Ton père est en voyage pour son travail. Mais on va se débrouiller, ne t'inquiète pas.

Mon fils fond en larmes. Il suffit d'un mois passé sans moi, avec son père, pour que je ne compte plus pour lui. Les enfants sont des ingrats.

Léon et Lou nous rejoignent en courant dans l'escalier.

— Leïla n'est pas là, mais elle a laissé à Léon toutes les adresses utiles à appeler en cas d'urgence. C'est une bonne idée, maman, tu ne trouves pas ?

Je ne note aucun reproche dans sa voix mais je culpabilise aussitôt.

— Merci, Léon, dis-je quand il me tend un petit carnet.

— Le serrurier, c'est là, dit-il en pointant le doigt sur un numéro.

J'appelle. Le serrurier sera chez nous dans une heure. En l'attendant, on s'installe tous chez Leïla. Lou y entre sans broncher, elle qui n'y a jamais remis les pieds depuis la mort d'Alphonse. Bonne nouvelle, ma fille a fait son deuil.

Fidèle à elle-même, elle inspecte tout, et je n'ai pas assez d'énergie pour lui demander d'arrêter.

Léon, que ça ne semble pas choquer outre-mesure, a la gentillesse de me donner une serviette propre, un slip et un jogging pour Gabriel.

— Ce sera un peu grand, mais en attendant..., m'explique-t-il.

Gabriel le regarde, la morve au nez et l'œil brillant de larmes. Va-t-il se remettre à pleurer ? Je me précipite dans la salle de bains pour le doucher avant de le savoir.

— Léon, empêche Lou de fouiller, ça ne se fait pas mais elle n'arrive pas à le comprendre ! dis-je en fermant derrière moi.

Leïla arrive peu après. Et là, ça me revient. Était-ce elle, dans le parc, quand Thomas et moi on s'embrassait ? Tout d'un coup, je me sens encore plus mal. Et je suis sûre qu'elle me regarde bizarrement. À moins que ce soit l'effet de surprise de nous voir tous chez elle à 20 heures, Gabriel dans un vieux jogging trois fois trop grand appartenant à son fils ?

Enfin, le serrurier arrive. Leïla m'accompagne et on le conduit jusqu'à ma porte. Il s'agenouille et trifouille un bon moment dans la serrure.

— Madame, je vais devoir la changer, quelqu'un y a coincé un chewing-gum.

— Mais pourquoi on aurait fait ça ?

— Je ne sais pas, répond-il.

Et tout à coup, je suis sûre que je sais qui et pourquoi : Laetitia. Parce qu'elle me hait.

— Tentative de cambriolage, acte de malveillance..., poursuit-il. Bon, voilà mon devis, dit-il en gribouillant sur un carnet et en me tendant sa facture.

Je déglutis en voyant le nombre à trois chiffres et signe.

Quand on peut enfin rentrer chez nous, Gabriel dort dans mes bras. Je le pose dans son lit, lui enlève le jogging de Léon et le recouvre de sa couette. Lou est épuisée aussi et elle file se coucher sans protester.

Je suis incapable de m'endormir. Je suis tellement angoissée que j'en ai la respiration coupée et le corps trempé de sueur. Toute ma vie est un désastre, tout ce que je vis n'est qu'agression. Le chewing-gum, Laetitia prête à tout pour me nuire, mon avenir professionnel qui s'assombrit, Thomas dont je ne supporte pas l'absence, Leïla qui nous a sûrement vus… Je finis par allumer ma lampe de chevet et aller boire dans la cuisine. Je retourne m'asseoir dans mon lit et tente de lire. Il est presque 5 heures du matin.

Quand mon réveil sonne, je suis toujours assise, le dos calé contre les oreillers, la tête douloureusement penchée en avant. La lumière est encore allumée, le livre posé sur mes cuisses. J'ai très mal au cou.

Une journée commence, et je sais déjà qu'elle sera mauvaise. J'ai pourtant une certitude : il faudra que je parle à Leïla.

21

Au bureau, aujourd'hui, Laetitia n'a pas l'air plus cinglée que les autres jours, elle ne semble pas vouloir m'agresser ou préparer un sale coup. Elle m'ignore, ne m'adresse pas la parole – ce qui n'est pas nouveau – et ne m'envoie même pas de mails puisqu'on ne travaille plus sur les mêmes projets. C'est comme si je n'existais plus.

Christel est sur un petit nuage depuis l'association entre « Tous en cœur » et « Ben Events ». Elle ne remarque pas l'atmosphère à couper au couteau qui règne dans notre bureau. Et pourtant, on ne fait aucun effort pour le cacher. Elle est tellement égoïste…

Cet après-midi, je quitte l'agence pour un premier point avec Camille, la jeune femme qui travaille avec Gilbert. Son enthousiasme en examinant mes projets me confirme que Laetitia a trafiqué la quasi-totalité de mes dossiers. Elle ne voulait pas de moi depuis le début. Ce qu'elle veut, c'est être seule avec Christel, pour qui elle nourrit un attachement maladif. Mais maintenant, elle a un ennemi bien plus puissant que moi, un patron, un associé, un homme qui a séduit Christel : Gilbert Benamou.

Je crie intérieurement de joie quand Camille me propose de faire une pause dans la salle de détente installée pour le personnel. Dire que j'attends ça depuis mon arrivée à « Tous en cœur » ! La pièce lumineuse, au parquet et aux murs blancs, est meublée de fauteuils et d'un canapé confortables aux teintes claires et d'une table basse en bois blond. Il y a un coin cuisine avec un bar et des tabourets, un four à micro-ondes, une étagère remplie de vaisselle et tout ce qu'il faut pour faire du thé ou du café. Des collègues très stylés sont là, et Camille me présente. Ils me sourient avec un mélange de curiosité et de sincérité et, brusquement, je me fais penser à un enfant maltraité qu'on a sauvé et qui se retrouve parmi des gens normaux.

— Tiens, mais c'est Charlotte ! dit Gilbert qui se dirige vers moi. Tout se passe bien ?

— Absolument ! On a bien avancé, je crois, dis-je en me tournant vers Camille.

— Ça va plaire à nos clients, c'est certain ! dit-elle en souriant.

J'ai l'impression de rêver.

— Parfait, je vous laisse. À bientôt, Charlotte, saluez Christel pour moi !

— Il a l'air sympa, votre patron, dis-je à Camille en buvant un thé vert.

— Un boss en or, oui. Et Christel, elle est comment ?

— Oh, elle… Elle est assez distante. Mais elle est excellente dans son travail.

— Tu n'as pas l'air de t'entendre avec ta collègue, en tout cas.

Je scrute le visage de Camille. Et si c'était un piège ? Je crois que je deviens parano…

— Non, on ne s'adresse plus la parole. Laetitia n'a jamais accepté que je sois embauchée alors qu'elle et Christel travaillent ensemble depuis la création de l'agence.

— C'est le problème des toutes petites structures. J'ai connu ça, à mes débuts. Moi, c'était ma cheffe qui était jalouse de ses assistantes. Elle avait tout le temps peur qu'on lui pique sa place. Je l'ai compris après des mois de harcèlement.

— Oh, ma pauvre !

— Oui, en partant je lui ai dit qu'elle n'avait qu'à travailler toute seule. J'ai cru qu'elle allait m'étrangler ! raconte Camille en gloussant.

« En partant » : deux mots qui me font rêver…

Ce soir-là, Alexandre rentre de voyage et je lui parle de mes soupçons envers Laetitia. Il est un peu sceptique, il a du mal à croire qu'elle serait allée trafiquer notre serrure.

— En quoi ce serait impossible ? Laetitia me hait et elle m'a déjà agressée.

— Oui mais ça reste dans le cadre du bureau. Je la vois mal venir jusque chez toi.

— Et pourquoi pas ? Tu l'as déjà rencontrée ? Tu sais mieux que moi de quoi elle est capable ?

— Eh, calme-toi ! Ça ne va pas recommencer.

On évite de justesse une nouvelle engueulade, puis Alexandre m'assure que l'explication la plus logique, c'est la tentative de cambriolage.

Le lendemain, il descend avertir Mme Ménard. Il revient penaud : la gardienne a pris ses paroles comme un reproche. Elle lui a montré le gros bâton qu'elle garde dans l'entrée de sa loge et qu'elle n'hésitera pas à utiliser si un intrus pénètre dans l'immeuble.

— Par contre, elle m'a parlé d'un sac-poubelle que tu aurais trouvé sur notre palier. C'est quoi, cette histoire ?

— Oh, rien, c'était avant l'été, je ne te l'avais pas dit, tu étais assez remonté contre moi à ce moment-là.

— Ouais, mais la gardienne trouve qu'on crée trop de problèmes dans l'immeuble.

— C'est ce qu'elle t'a dit ?

— Texto.

— Non mais comme si c'était notre faute !

Quelques jours plus tard, en rentrant du travail, je tombe sur Mme Ménard et Guy dans le hall de l'immeuble. Leurs deux chiens se reniflent allègrement l'arrière-train pendant qu'ils discutent. Ils s'arrêtent net de parler à mon arrivée.

— Madame Charlotte ! s'écrie la gardienne. Alors, qu'est-ce qui s'est passé avec votre porte ? Il va falloir régler vos problèmes. Vous perturbez la tranquillité des habitants.

— Et la mienne, de tranquillité, vous y pensez ? Ce n'est pas moi qui m'amuse à mettre des chewing-gums dans les serrures, quand même !

— Vous avez peut-être des fréquentations douteuses, suggère Guy, toujours charitable.

J'ai envie de lui hurler un « De quoi tu te mêles, vieux con ! » mais je serai éternellement bien élevée. Alors je ronge mon frein.

— Dites, est-ce que vous auriez remarqué une femme, trente-huit ans, brune, cheveux gras tirés en queue-de-cheval, habillée en noir, très pâle, en général avec une grosse couche de rouge à lèvres rouge foncé ? Ça vous dit quelque chose ?

Mme Ménard secoue la tête mais Guy me répond tout de suite :

— Ben oui, c'est votre copine ! Elle est venue l'autre jour, elle m'a dit que vous l'attendiez. Elle avait le code, alors je lui ai ouvert la porte, évidemment !

— C'était quand ?

— Je ne sais plus, moi ! C'était l'heure du déjeuner, je revenais de faire mon tiercé au PMU en bas de la rue.

— Je me demande si ce n'est pas elle… S'il vous plaît, ne lui ouvrez plus.

— Pourquoi ? C'est plus votre copine ?

— Elle ne l'a jamais été.

— De toute façon, si c'est pas moi, ce sera quelqu'un d'autre. Les locataires, ils laissent entrer tout le monde. On sonne chez eux, ils s'en foutent, ils ouvrent. Mais si c'est pas votre copine, pourquoi vous lui avez donné le code ?

Et là, je comprends. Le jour où elle est venue déjeuner à la maison, elle regardait partout, elle observait tous mes gestes. Je suis sûre qu'elle l'a noté dans un coin de sa tête en se disant que ça pourrait lui servir un jour. Elle est diabolique.

Des aboiements me tirent de mes réflexions. Gordon et Elvis, babines retroussées, fixent la porte vitrée. Je suis leur regard. Sigmund ! Le chat de Markus et Jérôme est devant chez Isabelle, il gratte contre le battant en miaulant. Comme il n'obtient pas de réponse, il se tourne vers nous, s'approche de la vitre, s'assoit devant et commence à lécher sa patte avant, doigts écartés, griffes bien en vue. Il nargue les chiens !

— Sale bête ! s'énerve Guy. Va lui faire la peau, mon Gordon, va ! dit-il, et il ouvre la porte vitrée.

— Non ! dis-je en me précipitant pour fermer.

Mais c'est inutile : les chiens, tétanisés, refusent de bouger.

Isabelle entrebâille sa porte, Sigmund se lève et, comme au ralenti, de sa démarche féline, se glisse chez elle.

— Bonjour ! annonce une voix que je ne reconnais que trop bien.

— Monsieur Thomas ! l'accueille la gardienne. Comment allez-vous ?

Il ne lui répond pas. Nos regards se croisent et s'accrochent. Heureusement, Guy met fin à ce moment.

— Et vous, Thomas, vous l'avez vue sa copine ?

— Pardon ? De qui vous parlez ? demande-t-il, désorienté.

— Les Delair ont été victimes d'un acte de malveillance, intervient Mme Ménard. Et Mme Charlotte est persuadée qu'elle connaît la coupable.

Trois visages pivotent vers moi, attendant que je me lance dans des explications détaillées. Mais me retrouver face à Thomas me remue tellement que je ne suis pas sûre de pouvoir parler. *Allez, Charlotte, dis quelque chose !*

— Oui, dis-je d'une toute petite voix. Je pense que c'est ma collègue. Elle me déteste.

Thomas est au courant, je lui ai suffisamment raconté mes histoires de boulot pendant notre aventure. Il me sourit avec douceur. Je vois bien qu'il a envie de me réconforter et c'est insupportable.

— Non mais dans quel monde on vit, marmonne Guy.

— Pauvre Charlotte, je suis désolé, vraiment, répond Thomas.

— Le problème, c'est qu'on ne peut rien prouver, vous voyez ? lui explique Mme Ménard en posant la main sur son bras.

Et l'air de rien, elle se met à caresser l'étoffe de son costume. Elle lui touche presque la main !

— Si je vois une femme qui correspond à sa description entrer dans notre immeuble, je vous jure qu'elle aura affaire à moi, continue-t-elle.

Puis elle fait bouffer son chignon blond en décochant à Thomas un sourire aussi sexy que possible.

Tom, j'ai besoin de te voir.

Demain soir ?

Je ne peux pas. Suis seule avec les enfants. Ce week-end ?

Dimanche ?

Tu peux à 16 h ? Loin d'ici ?

OK. Métro Père-Lachaise.

Tu me manques.

Toi aussi.

Dimanche, je prétexte un pot avec une copine et pars pour mon rendez-vous avec Thomas. Je dois lui parler de Leïla parce que je ne sais pas quoi faire. J'ai passé un temps fou à choisir ma tenue pour nos retrouvailles et à me maquiller. Leïla ? Bien sûr. Je ne peux pas me mentir, pas vrai ?

Thomas fait les cent pas devant la sortie de la station lorsque j'arrive.

— Viens, me dit-il en me prenant le bras, on va marcher dans le cimetière.

Main dans la main, on se perd dans les allées.

— Tu voulais me voir ? me demande-t-il enfin, quand on a trouvé un banc tranquille.

— C'est au sujet de Leïla...

Thomas sursaute.

— Tu m'as donné rendez-vous pour me parler de notre voisine ?

— Je suis sûre qu'elle nous a vus, je voulais qu'on décide de ce qu'on allait faire. Je voulais...

Je me penche vers lui, comme aimantée. Notre baiser dure une éternité.

Puis on discute, oubliant Leïla. De nous, de la vie devenue insoutenable l'un sans l'autre, du manque, de la tristesse.

Thomas prend mon visage entre ses mains.

— Tu sais, je n'ai pas arrêté de penser à nous, ces dernières semaines, et j'ai pris une décision : je vais déménager, comme ça tu pourras venir vivre avec moi et tes enfants loin de tout le monde.

— Et Alexandre ?

— C'est à toi de décider. De savoir ce que tu veux vraiment.

Je détourne légèrement la tête.

— Je veux te voir, Charlotte, je veux rester des heures avec toi, des nuits, comme cet été.

— Laisse-moi un peu de temps, d'accord ? C'est un bouleversement tellement énorme.

On rentre séparément, moi d'abord, lui un quart d'heure plus tard. Je me sens perdue. J'aime Thomas à la folie.

22

Mardi matin, alors que je tends la main vers mon pot à crayons, je sens le regard agressif de Laetitia dardé sur moi. Quoi, encore ? Je comprends mieux quand mes doigts restent collés sur mon stylo. Surprise, j'inspecte le contenu du pot : les crayons sont brisés, feutres et Stabylos ont été enfoncés, les épluchures du taille-crayon vidées à l'intérieur, de la colle déversée sur le tout.

Je me lève avec l'envie furieuse d'aller la frapper.

— C'est quoi ces conneries, Laetitia ? Tu as quel âge ? Six ans et demi ?

Au lieu de me hurler dessus, elle me fixe avec mépris et hausse les épaules.

— Ma pauvre Charlotte, tu déconnes complètement. Quoi, ta colle fuit et tu t'en prends à moi ? Oh, s'il te plaît, un peu de décence.

Et elle se replonge dans ses dossiers en m'ignorant.

Mon téléphone sonne. Camille. Je tente de reprendre un ton posé et de me concentrer pour lui répondre de manière cohérente. Pourtant, mon cœur bat comme un fou et je me retiens de crier. Quelle sera la prochaine étape ? Une crotte glissée dans mon sac à main ? Du cyanure dans mon café ? Elle a raison de me narguer, je ne pourrai jamais montrer mon pot à Christel en lui expliquant que je soupçonne Laetitia. Si on était à l'école et Christel une instit', passe encore.

Victoire est inspirée, ce soir. Je l'écoute de mon palier au moment où je glisse avec une pointe d'anxiété ma clé dans la serrure. J'entends quelqu'un monter.

— Markus ! Tu vas bien ?

— Et toi ?

Je lui fais un point rapide sur ma situation au boulot.

— Eh ben, quelle histoire. Pourquoi tu ne demandes pas à être intégrée chez votre nouvel associé ? Ils sont normaux, là-bas ?

— Je ne suis pas sûre que ma cheffe apprécierait.

— On ne sait jamais.

À cet instant, Gordon apparaît, puis Guy, très essoufflé.

— Salut, les jeunes. Vous allez écouter notre artiste ?

Markus et moi, on échange un regard.

— Pourquoi pas ?

— Et… vous savez si la petite dame du deuxième est là-haut ? demande-t-il, un peu gêné.

— Aucune idée, répond Markus. On y va ?

Victoire nous accueille d'un hochement de tête et on s'assoit pour l'écouter. Quand elle termine son morceau, Guy se lève, l'applaudit bruyamment.

— Dites, Victoire, vous pourriez nous jouer une petite valse ? Vous savez, une des frangins, là, les Allemands...

— Vous voulez parler des frères Strauss ? Ils sont autrichiens, lui dit Victoire en s'essuyant le front. Allez, parce que c'est vous ! lance-t-elle en lui décochant son sourire lumineux.

Guy, fou de bonheur, bat la mesure avec énergie pendant que les notes de la valse retentissent dans la petite pièce.

— Au fait, chuchote Markus, tu sais si Victoire lui a montré les croix, sur le mur ?

— Non, pas du tout.

Lorsque Victoire achève son morceau et que Guy a fini de la féliciter, Markus leur pose la question.

— Ah, oui ! Je n'y pensais plus, avoue Victoire. Désolée, Guy, je ne vous ai pas dit : on a trouvé autre chose, ici. Markus, tu m'aides à pousser le meuble ?

Victoire et Markus découvrent le mur. Les croix sont là, gravées dessus.

— Qu'est-ce que c'est que ça ? fait Guy.

— Ça ressemble à un calendrier, explique Markus. Les croix seraient les jours, les colonnes, les mois, et là, vous voyez, il y a les années. 1978 et 1979.

— Mais qui a fait ce truc-là ? demande Guy, troublé.

— On espérait que vous le sauriez, intervient Victoire.

— Ben pas du tout ! J'avais quoi... huit, neuf ans, à l'époque. La pièce servait déjà de débarras, personne n'y allait. À part mes parents, de temps en temps pour mettre de la mort aux rats.

— Il y avait des rats dans l'immeuble ? dis-je, dégoûtée.

— Oui ! Je me souviens, on les entendait courir au-dessus de nos têtes, et mes parents disaient qu'il allait falloir qu'on s'en débarrasse. 1979... Attendez, je me rappelle très bien. L'été 79, ils m'ont envoyé en colo. J'ai pas arrêté de pisser au lit, l'humiliation. Mais ça a été pire après. À mon retour, ils m'ont annoncé que je faisais ma rentrée en internat. J'étais désespéré, mort de trouille.

— Pourquoi ils vous ont fait ça ? Vous étiez mauvais élève ? demande Victoire, sans pitié.

— C'est pas ça. Mon père, qui était tout le temps au chômage, avait retrouvé du travail et ça commençait à aller mieux, à la maison. Le pensionnat, c'était pour que je fasse de bonnes études, pas comme mes parents, pour que je m'en sorte plus tard dans la vie. Vous voyez ?

Personne n'ose lui dire qu'on ne voie pas trop en quoi le pauvre Guy s'en est bien sorti, mais il continue.

— C'est pas que ça ait vraiment marché. Au bout du compte, je ne vaux pas mieux que mon vieux. Heureusement, mes parents n'ont pas vécu assez longtemps pour le voir. Ils ont fait tous ces sacrifices pour rien.

Je n'y crois pas ! Ses yeux s'embuent. Il ne va pas pleurer !

— Allez, Guy, vous êtes quelqu'un de bien, l'encourage Victoire en lui tapant sur l'épaule.

— C'est vrai, elle a raison ! renchérit Markus et je hoche énergiquement la tête. C'est quoi, d'ailleurs, votre expression, vous les Français : « une belle personne » ? Voilà, Guy, vous êtes une belle personne.

Victoire et moi on se retourne vers Markus. Il ne faut pas exagérer quand même.

— Oui, je sais, répond Guy tristement. On me le dit souvent.

Il s'essuie les yeux.

— Mais pour en revenir à notre histoire, quand je suis rentré de colo, il n'y avait plus de rats. Pour moi, cette période a correspondu à une amélioration dans notre vie. Et puis après, je suis parti. Alors franchement, je ne comprends pas qui aurait pu faire ce truc.

— Votre frère ? suggère Markus.

— Il était bien trop petit pour entrer dans une pièce interdite. Non, surtout pas le chouchou de mes parents. Ma mère le couvait complètement, elle ne l'aurait jamais laissé monter là-haut.

— Surtout si ça grouillait de rats ! dis-je en frissonnant.

— D'accord, mais les rats, ça ne grave pas de croix sur les murs, remarque Victoire.

Guy nous regarde, soudain tout chose.

Vendredi matin. Christel me convoque dans son bureau.

— Charlotte, j'ai de nouveaux clients à vous confier, et c'est urgent. On prend du retard. Tenez, Laetitia vous a mis les infos là-dedans, dit-elle en me tendant une énorme pile de dossiers.

— Euh... désolée Christel, mais là, j'ai les cinq mariages de Gilbert et...

— Et alors ? Qui est-ce qui vous emploie ? C'est moi, il me semble.

— Oui, bien sûr, mais je ne vois pas bien comment rajouter tous ces projets d'un coup, sauf si on me soulage d'une partie de ce que je dois gérer pour « Ben Events », ou que vous m'en donnez... je ne sais pas... trois de plus au maximum. Sinon, c'est impossible. À moins de multiplier les heures sup', ou de supprimer mes mercredis après-midi. Mais je tiens à préserver ma vie personnelle.

Christel se lève de sa chaise, les poings serrés posés sur sa table de travail, écarlate, et elle se met à crier sur moi.

— Vous n'en voulez pas, de ce boulot ? Vous n'en voulez pas ? Dites-le tout de suite, la porte est grande ouverte ! Il y a des tas de gens qui adoreraient avoir ce poste, alors dites-le !

Je suis si surprise par cet accès de colère que je reste bouche bée.

Oh, j'aimerais tellement lui répondre que je me tire, mais bien sûr je ne peux pas. Je suis piégée avec ces deux vipères hystériques. Et je me sens profondément humiliée. Jamais personne, de toute ma vie professionnelle, ne m'a traitée de cette façon. Je me redresse, sors du bureau – pour constater que Laetitia n'en a pas perdu une miette – et claque la porte derrière moi.

— Quoi ? T'as un problème ? dis-je à ma collègue.

Durant le week-end, je fais tout pour oublier ma situation de plus en plus intenable chez « Tous en cœur », qui porte si mal son nom. Et puis samedi après-midi, c'est l'apéro des voisins. Je sais, il y a une date fixe pour ça, en juin je crois. Mais nous, dans notre immeuble, on le fait quand on veut. Et on aime bien le mois de septembre, quand on se retrouve tous après les longs congés d'été.

Alexandre, Margaux (et Mathieu qui est mis à contribution), Leïla et moi sommes les principaux organisateurs. On a réparti la nourriture et les boissons entre les habitants et on s'occupe de tout préparer : tables, nappes, serviettes et gobelets, déco et quelques chaises pour ceux qui se sentiront fatigués. Je pense à Alphonse qu'on avait emmené l'année dernière, qui avait ri tout seul pendant une heure, assis sur sa chaise, comblé par tous ces visages familiers qui lui apportaient sans cesse à boire et à manger… J'espère que Léon fera oublier à Lou son absence. D'ailleurs, tous les deux sont venus nous aider, et ma fille a l'air heureuse et insouciante, pour autant que je puisse le constater.

Moi, je suis dans l'état inverse : j'appréhende de revoir Thomas devant tout le monde. Depuis notre rendez-vous au cimetière du Père-Lachaise, on s'envoie des textos à la fois torrides et désespérés. Je rêve de m'enfuir quelques jours avec lui ou au moins une nuit, mais on sait l'un comme l'autre que c'est impossible. Si on veut vivre quelque chose ensemble, je n'ai pas le choix, je dois quitter Alexandre. Est-ce que j'en ai vraiment envie ? J'éprouve des sentiments encore profonds pour mon mari et, surtout, je n'ai pas envie de briser ma famille. Alors, je fais quoi ?

Je ne pense qu'à ça en préparant notre apéro. Et pourtant, lorsque Thomas entre dans la cour avec ses enfants, je sursaute comme si je ne m'attendais pas à le voir. Tout de suite, nos yeux se cherchent et se disent mille choses. C'est un moment suspendu, où tout semble s'arrêter autour de nous. Puis j'entends la voix de Leïla qui rompt le charme.

— Charlotte, tu m'aides à déplacer la table ?

Son regard passe de Thomas à moi plusieurs fois.

Elle sait. Elle nous a vus au parc, je n'ai plus aucun doute.

Victoire arrive à son tour dans la cour et je suis contente pour elle : elle est avec Joshua. Mais derrière eux marche une belle femme blonde qui n'est pas de l'immeuble.

— Je suis passée chercher Joshua pour qu'il ne se défile pas ! annonce Victoire. Joshua et...

Elle se retourne vers l'inconnue.

— Katel, répond la jeune femme qui saisit d'un geste possessif le bras de Joshua.

Le rire de Victoire se crispe et je m'avance vers elle pour la sortir de cette situation gênante.

— Tu n'es pas venue avec ton violon ?

— Pas envie. Et puis je crois que vous m'entendez assez comme ça.

Margaux nous rejoint.

— Tu l'as trouvée où, la blonde ?

— Chez Joshua, répond Victoire piteusement.

— Tu veux que Charlotte et moi on fasse diversion ? On va lui parler, et toi tu fonces sur lui ?

— Oui, enfin, doucement avec ce mec, je ne suis pas sûre qu'il aime trop qu'on le brusque, dis-je car je vois bien que les effusions et le style offensif de Victoire lui déplaisent.

Il faudrait qu'elle passe à autre chose, notre belle séductrice volage. Pour une fois qu'elle tombe amoureuse, c'est d'un homme qu'elle n'intéresse pas. Quelle ironie.

— Tu viens, Charlotte ? me dit Margaux en me tirant par le bras. Victoire, prête ?

Joshua et Katel sont en train de se servir à boire. Margaux se glisse entre eux pendant que je propose du gâteau à la jeune femme. Victoire, ravie, nous observe.

Joshua s'éloigne de notre bar improvisé et s'avance vers le fond du jardin. Là où discutent Guy et Hermine. Victoire le suit, puis se fige. Joshua salue Guy avant de faire la bise à Hermine. Une bise ? Carrément ? Victoire doit être sous le choc, vu la tête qu'elle fait.

— Et tu es médecin, toi aussi ? demande Margaux qui tient la situation bien en main.

— Pédopsychiatre, répond Katel.

— Waouh ! je suis impressionnée.

— Il n'y a vraiment pas de quoi ! réplique Katel en souriant.

Belle, intelligente et modeste, inutile de lutter, me dis-je.

Je m'approche de Victoire, qui semble démunie.

— Tu viens, on va rejoindre Joshua.

— Il parle à toutes les filles sauf à moi ! Même avec elle, là, dit-elle en désignant Hermine.

— Ah, mes belles voisines ! lance Guy lorsqu'on les rejoint. Toutes ces charmantes jeunes femmes, dans l'immeuble, on a bien de la chance, hein mon gars ?

— C'est vrai… Excusez-moi, ma fiancée est toute seule.

Il nous plante là pour rejoindre Katel, qui n'est pas seule du tout puisque Margaux n'en finit plus de la mitrailler de questions. Le couple ne tarde pas à quitter la cour.

En les observant s'éloigner, je remarque Gordon et Elvis assis, fixant la fenêtre d'Isabelle en gémissant. De l'autre côté de la vitre, les deux chats les toisent, le pelage hérissé, les oreilles couchées, prêts à leur cracher dessus.

Je pars retrouver Margaux.

— Merde, ils sont fiancés ! m'annonce-t-elle.

— Joshua et Katel ? Oui, j'ai cru comprendre.

— Comment réagit Victoire ?

— Aucune idée. Je l'ai laissée avec son fan et la petite Hermine qu'elle déteste, je ne sais pas pourquoi.

— Il faut qu'elle fasse une croix sur ce mec.

— Carrément. C'est mort.

— C'est mort, répète Margaux en secouant la tête. Viens, on va voir Mathieu et Thomas.

Aïe.

— Attends, je me demande où est Alexandre…

— Laisse tomber, Mme Ménard lui a mis le grappin dessus.

Et elle m'entraîne avec autorité. Autour de la petite table qu'on a dressée pour les enfants, Hyppolite et Gabriel s'empiffrent de bonbons, pendant que Léon et Lou écoutent religieusement Manon. J'ignore ce qu'elle leur raconte, mais ils sont fascinés par cette ado à qui ma fille n'avait jamais adressé la parole jusqu'ici. Nos enfants s'entendraient bien si…

— Hello, Charlotte ! s'écrie Mathieu.

Margaux le prend par la taille, et je me retrouve à côté de Thomas.

— Nos enfants sont tous ensemble, tu as vu ? me dit-il.

— Oui, dis-je, sentant mes joues s'empourprer.

Ça devient une habitude, depuis quelque temps, j'ai le sentiment d'avoir de nouveau treize ans. Rien que la présence de Thomas tout près de moi me donne l'impression que mon corps se consume.

— Pardon, Victoire m'appelle, dis-je, et je m'enfuis.

Victoire est devant le bar, seule, tête basse.

— Guy est allé draguer Leïla et je ne me voyais pas rester à m'emmerder avec Hermine l'insipide.

Elle lève les yeux vers moi, elle ressemble à une actrice en pleine tragédie.

— Il est fiancé ! L'homme de ma vie est fiancé !

— D'abord, ce n'est pas l'homme de ta vie, et ensuite… ensuite…

— Ensuite quoi ? Je l'aime et il va se marier.

— Mais pourquoi tu aimes ce type que tu ne connais même pas ? dis-je, soudain énervée.

— Parce qu'il est fait pour moi et…

— Ah, non, au secours ! Arrête ces conneries. Vous ne vous êtes jamais parlé plus de trois minutes entre deux étages. Allez viens, ça suffit, on va prendre une bière.

Théo vient d'entrer dans la cour et il se précipite sur Victoire.

— Tu veux une bière, c'est ça ? Je vais te la chercher.

— Il est trop mignon ! dis-je.

— Ouais. C'est ça.

— Charlotte, tu peux venir m'aider ? me demande Leïla en surgissant dans mon dos. Il faut que j'aille prendre des bouteilles chez moi.

— Je vais vous aider, moi ! dit Guy qui la suit à la trace.

Il est pire qu'un petit chien, celui-là.

— Merci, Guy, ça va aller.

— Mais je...

— Charlotte, on y va ?

Guy, tout dépité, nous regarde partir. On monte en silence jusqu'à l'appartement de Leïla. Quand on entre dans sa cuisine, elle se poste en face de moi et me regarde droit dans les yeux.

— Je sais, pour toi et Thomas.

Je m'effondre sur son tabouret.

— Je ne te comprends pas, Charlotte. Tu me pousses dans ses bras, tu me dis qu'il est parfait pour moi, et tu as une aventure avec lui. Qu'est-ce qui se passe vraiment, entre vous ?

— Rien.

— Tu te fous de moi !

— Non. Il ne se passe plus rien, c'est fini, je t'assure. On se sentait seuls, cet été, et puis Alexandre et moi, c'était la guerre, alors… Tu vois.

— Et maintenant ?

— Tout va bien entre mon mari et moi, et Thomas et moi… Chacun a repris le cours de sa vie. C'était juste une aventure. Je sais, c'est mal.

— Arrête, je ne te juge pas. C'est juste que, quand on voit les regards que vous échangez, on ne dirait vraiment pas qu'il n'y a plus rien entre vous.

— Et pourtant si. Que veux-tu qu'il se passe ? J'ai mon mari, mes enfants, il a les siens, il est libre, et moi je ne le suis pas. Ça s'est fait comme ça, parce qu'on était seuls. Parce que j'étais malheureuse à cause de mon couple. Mais tout est rentré dans l'ordre. Et Thomas et moi, c'est fini. D'accord ?

— Très bien. Je te crois.

— Alors n'en parlons plus.

Octobre

23

La nuit de samedi, j'ai été incapable de trouver le sommeil. J'ai longtemps observé Alexandre dormir, puis je me suis levée et suis allée voir mes enfants, j'ai posé la main sur leurs fronts humides de sueur, j'ai repoussé leurs cheveux en désordre, écouté le bruit léger de leurs respirations, comme lorsqu'ils étaient bébés. Alexandre, Lou, Gabriel, ces trois êtres qui sont toute ma vie et que je pourrais détruire sur une simple décision. Bien sûr, tout ce que j'ai dit à Leïla n'est que mensonges. Rien n'est terminé entre Thomas et moi, et tout ne va pas très bien avec Alexandre.

La nuit de dimanche ne se déroule pas mieux. Au chagrin que me cause mon histoire avec Thomas s'ajoute l'angoisse de la semaine à venir. Il va falloir que je reparle à Christel de ce qui s'est passé vendredi.

Lundi matin, les mains moites, le cœur serré, je lui envoie un mail avant son arrivée au bureau pour lui demander de me recevoir. Elle me répond que ce sera en début d'après-midi, à l'heure du café. Est-ce que je peux y voir une avancée positive ?

En attendant, cette folle de Laetitia me fixe tout en empilant avec ostentation des dossiers les uns sur les autres. Elle répète son cirque plusieurs fois avant de quitter le bureau. Évidemment, elle l'a fait exprès pour attirer mon attention, et même si je le sais très bien, je ne résiste pas : je vais fouiller dans ses affaires.

Je reconnais tout de suite les dossiers que m'avait donnés Christel vendredi et que j'ai refusés. Ça y est, Laetitia est arrivée à ses fins : organiser ses propres mariages et prendre ma place.

Enfin, à 14 heures, Christel arrive.

— Les filles, vous m'apportez un café et vous me rejoignez ? annonce-t-elle.

Laetitia et moi ? Ça commence mal. Ma collègue se précipite pour servir sa cheffe bien-aimée et on s'installe toutes les deux chez Christel.

— Voilà. Je pense qu'on a besoin de faire un point, dit-elle, comme si c'était son idée. Charlotte, je vois bien que vous avez plus de dossiers que vous n'êtes capable d'en gérer et c'est regrettable. Heureusement, Laetitia a accepté d'alourdir sa charge de travail.

— Je vous ai déjà expliqué..., dis-je pour tenter de me défendre.

— Et moi je vous ai demandé de faire votre travail et vous avez refusé. Vous vous êtes effondrée dans mon bureau en pleurant, en m'expliquant que ces nouvelles tâches allaient nuire à votre vie personnelle. Vous m'avez laissé quel choix, puisque vous voulez travailler uniquement pour « Ben Events » ?

Abasourdie, je me tais.

— On va donc continuer comme ça pour le moment. Les projets sont distribués, il n'y a plus rien à ajouter.

Laetitia n'en peut plus de joie de me voir vaincue. Triomphante, elle se lève pour regagner son bureau.

— Bien, j'y retourne, Christel !

Je lui emboîte le pas mais, au lieu de quitter la pièce, je ferme la porte derrière elle et me tourne face à Christel.

— Vous saviez très bien que je ne pouvais pas doubler ma charge de travail, alors pourquoi vous me reprochez de refuser l'impossible ? C'est quoi votre problème ? Que je bosse en direct avec Gilbert Benamou ? Qu'il apprécie mon travail ?

— Ça suffit, Charlotte, je vous prie de sortir, maintenant.

Christel se tourne vers son écran et commence à lire ses mails. Alors j'obéis.

Mais une fois la porte ouverte, je hausse le ton pour être sûre que Laetitia n'en perde pas une miette :

— Pourquoi vous donnez tout à Laetitia ? Vous m'aviez dit qu'elle n'était pas à la hauteur pour ce boulot et que vous me faisiez confiance. J'ai pourtant accepté de prendre des dossiers supplémentaires. Ça aurait pu bien se passer, c'est dommage.

Christel, sans me regarder, me fait signe de la main de m'en aller pendant que Laetitia, horrifiée, se redresse et pousse un « Oh » choqué. Ça va la rendre malade, cette pauvre demeurée, de savoir que sa « maman » la trouve nulle.

J'enfile ma veste pour sortir faire un tour, et le regard de haine que me jette ma collègue pourrait me tétaniser si je n'étais pas pleine de rage et assez désespérée.

À mon retour, une heure plus tard, Laetitia est partie. Christel m'appelle.

— Charlotte ? Vous vous êtes calmée ? J'aimerais qu'on reparle tranquillement.

— Tout à fait d'accord.

— Je vais vous le dire franchement : j'ai besoin de toutes les bonnes volontés. Depuis l'association avec Gilbert, la charge de travail est croissante. J'aimerais bien que vous évitiez de faire des caprices.

— Je ne pige pas : Laetitia n'est pas compétente d'après vous pour organiser des mariages, mais vous les lui attribuez tous. Pourquoi vous ne vous organisez pas avec « Ben Events » pour qu'ils nous donnent un coup de main, puisque je travaille pour eux en ce moment ?

— Ça ne fait malheureusement pas partie du deal.

Christel baisse les yeux, elle a l'air gênée.

— En réalité, Charlotte, ce n'est plus moi qui décide.

— Comment ça ?

— On n'est pas vraiment associés... Gilbert a racheté « Tous en cœur ».

— Ah. Je vois. J'imagine que Laetitia est au courant ?

— Elle s'occupe des comptes, j'étais bien obligée de la mettre dans la confidence.

— Mais pourquoi vous ne m'avez rien dit ?

Christel reprend son assurance.

— Vous n'êtes qu'une employée en CDD.

Elle me lance un regard mauvais et plein de défi avant de poursuivre.

— Qu'est-ce que vous croyez ? La demande est forte, mais la crise m'a mise sur les genoux. En rachetant l'agence, Gilbert me sauve. Et j'y laisse ma liberté. Voilà, vous savez tout. Vous êtes contente ?

Elle aussi je commence à la haïr. Cette boîte me rend malade.

— Qu'est-ce que vous voulez que ça me fasse ? C'est votre boîte, pas la mienne. Du coup, comment on fait maintenant ? je demande.

— Je suis obligée d'utiliser Laetitia. Je n'ai pas d'autre solution.

— Désolée pour vous.

Je ne sais plus où j'en suis. Quelle est la meilleure solution pour moi ? Me barrer tout de suite ou m'accrocher pour essayer de travailler directement avec Gilbert Benamou ? Après tout, c'est lui, le nouveau boss.

Je réfléchis à tout ça en allant chercher Gabriel à l'école. Depuis la rentrée, Lou, après m'avoir expliqué qu'elle n'avait plus besoin de moi, fait désormais le chemin avec Léon.

Gabriel m'attend dans le hall de l'école. On prend son manteau, son mini-sac à dos Spiderman sur les petits portemanteaux à l'entrée et on quitte les lieux. Rue Pailleron, devant le lycée puis le collège, des jeunes chahutent, crient et fument en discutant. Gabriel les observe avec un mélange de vénération et de crainte. En face, l'espace Pailleron est ouvert, avec sa piscine et sa patinoire où bientôt on retournera tous les quatre. Si je ne pars pas avec Thomas...

Gabriel, sa petite main chaude glissée dans la mienne, me raconte sa journée dans tous les détails. Il rit, sautille et parle sans interruption.

Au bout de la rue, on patiente sur le passage piéton pour traverser.

— Alors, Gabriel, on fait quoi ? je demande.

— On regarde à droite, on regarde à gauche, et on y va !

On pose un pied sur la chaussée. Un autre.

J'entends alors le bruit d'un moteur en pleine accélération. C'est celui d'une voiture, rue Manin, et elle roule vite. J'agrippe Gabriel. Le véhicule s'emballe. À la dernière seconde, il tourne dans un énorme crissement de pneus pour s'engouffrer à toute allure dans notre rue.

Droit sur nous.

Je tire violemment Gabriel en arrière et me jette sur lui dans un geste instinctif. On s'affale sur le trottoir.

La voiture est à quelques centimètres de nous. Elle nous frôle et poursuit son chemin sur les chapeaux de roues.

C'est celle de Laetitia ! J'en suis sûre !

Gabriel pleure, la main sur la tête.

— Je me suis cogné ! hurle-t-il, tremblant de peur. Maman !

Je lui frotte le crâne où une grosse bosse pointe déjà. J'ai les genoux en sang. Dans ma chute, ils ont heurté le bitume. En état de choc, on reste par terre sur la chaussée, mon fils agrippé à moi, et les gens passent devant nous en détournant le regard. Une jeune femme s'arrête et nous demande si on va bien.

— Je crois, oui. Merci.

Elle me prend par le bras pour m'aider à me relever.

— Quel dingue ! On aurait dit qu'il a fait exprès de vous foncer dessus.

24

— Papa ! crie notre fils.

— Gaby, qu'est-ce qu'il y a ? Pourquoi tu pleures ? demande Alexandre.

— On a failli se faire renverser par une voiture, dis-je. Je t'expliquerai. Occupe-toi de lui, il a besoin de son papa.

— Elle a foncé sur nous ! crie notre fils, et il se jette dans les bras de son père avant d'éclater de nouveau en sanglots.

Alexandre me lance un regard interrogateur.

— On verra ça plus tard, lui dis-je.

Pendant que je prépare le repas, les images de l'incident défilent dans ma tête. Si c'est Laetitia, elle pourrait s'en prendre à toute ma famille. Et si elle reconnaissait Lou dans la rue ? Lou ? Où est-elle ?

— Alex, elle est où, notre fille ?

— Chez Léon.

— Tu es sûr ?

— Mais oui, je suis sûr, elle est passée me dire qu'ils faisaient leurs devoirs ensemble. C'est bien, non ?

Du moment qu'elle est en sécurité...

Les enfants sont couchés, mon mari et moi on s'installe dans le canapé du salon.

— Alexandre... Je veux quitter « Tous en cœur ».

— Je sais. Il faut qu'on en parle.

— Je crois que le chauffard, tout à l'heure, c'était Laetitia.

Alexandre sursaute.

— Tu rigoles ?

— Je suis sérieuse, je pense que c'était sa voiture.

— Tu penses ou tu es sûre ?

Je soupire. La colère que j'éprouve contre tout le monde, ces derniers temps, mon mari en premier, resurgit. Alexandre doit s'en rendre compte : il fait machine arrière.

— Écoute, je ne sais pas si ta Laetitia est assez dingue pour chercher à percuter les gens avec sa caisse, mais tu as raison : démissionne. Depuis que tu travailles là-bas, tu vas de plus en plus mal. Tu vas finir par faire une dépression, ou on va divorcer. Et je ne veux ni l'un ni l'autre. Alors d'accord, quitte ton boulot, reprends ta vie d'indépendante, on va se débrouiller.

Enfin Alexandre m'a entendue. Je me glisse entre ses bras et ferme les yeux. Je me sens libérée d'un poids énorme.

— Je vais essayer de négocier avec Christel. Elle est tellement odieuse avec moi qu'elle sera soulagée que je parte. Et je vais rappeler tous mes anciens contacts pour me remettre en free-lance. Quel soulagement !

— Pour moi aussi. Je vais retrouver ma Charlotte !

Je scrute le visage de mon mari. Il est heureux. Est-ce le moment de lui dire : « Je te quitte, toi aussi » ? Mais je ne peux pas. Je ne veux pas. Alors je me lève et vais me préparer pour la nuit.

Le lendemain soir, je passe chez Leïla pour lui demander son avis.

— Négocier quoi ? Tu es là-bas depuis combien de temps ?

— Presque six mois.

— Écoute, je ne sais pas quoi te conseiller. Les patrons ne sont pas là pour faire de la philanthropie. Pour tout te dire, moi j'ai franchi le cap, comme je l'avais dit. J'ai essayé de négocier avec la RH et ça n'a pas été concluant.

— Tu n'as rien obtenu ?

— Ah mais si, une super offre ! Le responsable des ressources humaines m'a reçue pour me parler de son plan génial, dit-elle avec amertume. « On veut vous aider à rebondir », il m'a dit. Parce que je suis une employée exemplaire, très bien notée. Alors tu sais ce qu'on me propose, pour me récompenser de toutes mes années de boîte et m'« aider à rebondir » ? Je fais un abandon de poste, ils me licencient pour faute grave, je n'ai donc pas le droit à une indemnité de licenciement, mais au moins je toucherai le chômage.

— Tiens, ça pourrait être pas mal, pour moi. Comme ça je me barre tout de suite. Adieu ma cheffe dégueulasse et ma collègue psychopathe ! Ça se passe comment, un abandon de poste ?

— Je pars sans prévenir personne, je disparais, tout simplement. Lui, il m'envoie deux lettres, je ne réponds pas. Il me convoque à un entretien, je ne réponds pas. Et à la fin du mois, tout va bien, je ne reçois pas de salaire, et je suis virée pour faute grave ! Après toutes ces années de bons et loyaux services.

— Je suis désolée, Leïla. Tu vas faire quoi ?

— Me battre. Prendre un avocat et gagner. Voilà.

— C'est sûr que moi, avec mes petits mois à « Tous en cœur »… Mais de toute façon, je fous le camp.

— Et à propos de Thomas, tu comptes faire quoi ? me demande-t-elle brusquement.

— Rien. Je ne vais rien faire. C'est fini, je te l'ai dit, non ? C'était un accident.

Cette nuit-là, je prends une décision, la seule que je puisse prendre : je reste avec Alexandre, je mets définitivement un terme à mon histoire avec Thomas. Ma vie est trop bouleversée, je ne peux pas assumer de briser ma famille. Je vais me concentrer sur mon couple, traverser cette crise avec Alexandre, repartir sur de nouvelles bases. Il faut que je voie Thomas une dernière fois en tête à tête pour le lui annoncer. Je sais qu'il comprendra. Je ne suis pas irremplaçable. D'ailleurs, Leïla est déjà sur les rangs. Je sens ma jalousie revenir et je la refoule, ou du moins j'essaie de le faire.

Et puis j'en ai assez de vivre comme ça, sans savoir où je vais, ballottée entre culpabilité, mensonges et frustrations. Je n'en peux plus.

À 2 heures, incapable de dormir, je me lève et écris un texto à Thomas pour lui fixer rendez-vous, toujours au Père-Lachaise.

Lui non plus ne trouve probablement pas le sommeil. Il me répond sur-le-champ pour proposer qu'on se retrouve comme la fois précédente, le dimanche en fin de journée.

Christel accepte de me voir dès le matin. Quand je lui explique que je ne me sens pas appréciée ni par elle ni par Laetitia et que je souhaiterais mettre un terme à notre collaboration, elle prend un air stupéfait.

— Je n'ai rien contre vous, Charlotte. C'est dommage que vous n'ayez pas su vous intégrer ni réussi à faire votre part de travail. J'attendais mieux de vous.

Je refuse de me sentir blessée par ces remarques injustes. Ce que je veux, c'est un accord pour avoir un peu de répit.

— Que pouvez-vous me proposer ?

— Vous démissionnez avant d'avoir honoré la moitié de votre contrat, non ? Alors je n'ai rien à vous proposer, c'est votre décision. Désolée, Charlotte, j'en ai marre de ce système qui permet aux gens de travailler juste le temps qu'il faut pour toucher le chômage. C'est un système d'assistés qui ne correspond pas à ma mentalité d'entrepreneuse.

— Bien, alors je vais réfléchir.

— Réfléchir ? Comment ça ? Vous êtes une femme responsable, alors prenez vos responsabilités. Vous avez dit que vous vouliez partir, alors partez !

— Justement, je suis responsable, pas inconsciente. Je vais réfléchir avant de mettre ma famille en difficulté.

Toute la semaine, je multiplie les coups de fil auprès de mes anciens partenaires qui se disent prêts à retravailler avec moi. J'appelle également Camille pour lui expliquer la situation. Elle me promet d'en toucher un mot à Gilbert Benamou qui est, me dit-elle, ravi de mon travail.

— Si tu pars et que Christel ne te remplace pas, tu pourrais nous prendre quelques projets en freelance, on ne sait jamais. Viens déjeuner avec moi la semaine prochaine, on va réfléchir à des solutions.

Samedi soir, Léon a une soirée pyjama et Leïla me propose d'aller boire un verre aux Chics Types. Depuis qu'elle sait pour mon histoire avec Thomas,

Leïla est moins amicale, plus tendue avec moi, et je suis toujours un peu mal à l'aise. Mais l'ambiance bondée et bruyante du bar nous fait du bien. La bouteille de vin qu'on a commandée aussi.

— J'ai vraiment foiré ma vie sentimentale, me dit-elle après deux verres. Les types nuls, pas sympas, égoïstes, j'en ai connu après mon mari. Il faut dire que je le faisais exprès. J'avais un plan infaillible : sortir avec des abrutis, mais attention, des abrutis beaux gosses ; comme ça, j'étais sûre de ne pas m'attacher et de ne pas souffrir. Tu vois le calcul futé, hein ? Résultat, pas un mec bien et en plus, j'ai quand même bien morflé.

— Et tu gérais ça comment, avec Léon ?

— Ah mais non, c'était les dernières années avant mon fils. Pendant que je faisais mes démarches d'adoption. J'ai arrêté mes conneries quand il est arrivé et je me suis consacrée à lui. Là au moins, je crois que j'ai réussi.

— C'est vrai. Ton fils est génial et il va bien.

— Enfin, tout ça pour te dire, Charlotte...

Elle nous ressert généreusement, arrosant la table au passage.

— Ne le laisse pas filer, ton Alexandre. Des hommes comme lui, on n'en trouve pas tous les jours.

Je me répète cette phrase en boucle le lendemain, au cimetière du Père-Lachaise, quand j'aperçois Thomas sur notre banc. Il se met debout pour me prendre dans ses bras et je le repousse doucement. Il pâlit.

— Viens, lui dis-je, assieds-toi.

— J'ai l'impression que tu vas m'annoncer ma condamnation.

— Thomas... je...

— C'est bon, ne te fatigue pas. Tu es venue me dire que c'est fini, c'est ça ?

Je baisse la tête. Je me retiens de pleurer en serrant les paupières le plus fort possible.

— Pour sauver ma famille.

— On aurait pu trouver des solutions.

— Non, il n'y en a qu'une, tu le sais, dis-je, et je lève enfin les yeux vers les siens, ces yeux vert doré irrésistibles.

— Je t'aime, Thomas.

— Je sais.

Je me lève, me penche vers lui pour caresser son visage. Il saisit ma main, y dépose un baiser.

Je m'en vais, je le quitte, m'oblige à faire un pas devant l'autre, à avancer sans me retourner, sans rebrousser chemin, malgré son regard qui, je le sens, me brûle. Mes larmes coulent sans que je les retienne ni ne les essuie. Je vais rentrer chez moi, retrouver mon mari et mes enfants, donner le bain à Gabriel, écouter les histoires de Lou, passer la soirée pelotonnée sur le canapé avec Alexandre, et puis on ira se coucher, lui et moi, on fera l'amour et tout redeviendra comme avant.

J'ai apporté ma lettre de démission à Christel. Je pars dans deux semaines. Elle a mis Laetitia au courant : si ma presque ex-collègue ne me sourit pas, elle ne me jette plus de regards haineux. Cette fille est gravement malade et la pauvre Christel ne se doute de rien. Si elle embauche quelqu'un pour me remplacer, je me demande combien de temps il ou elle tiendra le coup.

Maintenant, assise à la terrasse d'un café, rue des Francs-Bourgeois, j'attends Camille. Je l'aperçois, souriante et cheveux au vent.

— Une place au soleil, c'est top ! me dit-elle avant de s'asseoir. Alors, c'est fait ?

— Ce matin, oui.

— Bravo ! Je ne sais pas comment tu as fait pour tenir si longtemps avec ces deux-là. Surtout Laetitia.

— Christel est sûrement formidable, sinon ton patron n'aurait pas racheté la boîte.

— Oui, mais il y a des gens formidables qui sont nuls pour gérer leurs collaborateurs, non ?

— Et sinon, tu crois que vous auriez des missions en free-lance pour moi ?

— J'en suis sûre. Mais figure-toi que je n'ai pas pu parler à Gilbert, la semaine dernière. Le pauvre, il était dans tous ses états. Sa Jaguar a été vandalisée ! Pneus crevés, toutes les portières rayées, un carnage ! Et comme il n'était pas là ce matin…

Laetitia...

— Mais, on sait qui c'est ? je l'interromps.

— Non, c'est rare qu'on retrouve les coupables. Et puis la police a des trucs plus graves à régler. Ils lui ont juste suggéré de prévenir l'assurance.

J'hésite à lui révéler mes soupçons. Non, pas maintenant en tout cas. Je ne la connais pas assez et c'est moi qui vais passer pour folle. Laetitia, je dois le reconnaître, est la plus forte. Pour le moment. Avec Gilbert Benamou, elle s'attaque à bien plus costaud que moi.

Ma journée terminée, j'attends que Leïla soit rentrée chez elle pour aller lui annoncer que j'ai démissionné. On s'installe dans son salon et, comme Camille avant elle, elle me félicite.

— Alors, comment tu te sens ? me demande-t-elle.

— Comment te dire ? Je me sens...

À cet instant, on sonne à la porte, et Leïla va ouvrir. Je reconnais immédiatement la voix de Thomas.

— J'ai bien eu ton message, lui explique-t-il. Je t'aide à faire ton CV quand tu veux.

— Ça ne t'ennuie pas ?

— Bien sûr que non, je te l'avais proposé !

— Merci, Thomas. En échange, je t'invite à dîner. Tu es libre vendredi ou samedi ?

— Samedi.

— 20 heures ?

— Parfait. J'apporte le vin. À samedi !

Leïla ferme la porte et retourne dans le salon, les joues rosies.

Elle me scrute avant de lancer :

— Tu m'as dit qu'il n'y avait plus rien entre vous, non ?

Je me force à lui sourire, le cœur serré.

Épilogue

C'est aujourd'hui que je quitte définitivement « Tous en cœur ». Il est 17 heures, et je ferme la porte derrière moi pour la dernière fois. Je pars sans me retourner.

Christel est restée cordiale avec moi jusqu'au bout. Elle est suffisamment indifférente pour être passée à autre chose dès qu'on a réglé les conditions de mon départ. D'ailleurs, pourquoi m'en voudrait-elle ? Je pars sans rien. Laetitia, elle, a continué à m'ignorer. Je sais qu'elle a maintenant une autre victime dans sa ligne de mire. Je me demande si ça se passera comme ça avec tous ceux qui s'approcheront de Christel. Ceux qui risqueraient, dans son esprit malade, de prendre sa place auprès de cette femme et de sa famille, à laquelle elle fantasme d'appartenir.

Au parc des Buttes-Chaumont, après l'école, la foule d'enfants, de parents et de nounous se presse entre les balançoires, la pêche aux canards et le manège. Je fais la queue pour m'offrir une gaufre à la chantilly, ma célébration à moi. En cherchant une place sur l'un des bancs au bord du lac, je tombe sur Guy.

— Je peux m'asseoir avec vous ?

— Ah, Charlotte ! Je vois que vous ne vous laissez pas abattre.

— Je fête ma démission !

— J'imagine que je dois vous féliciter ?

— Vous imaginez bien. J'étais très malheureuse. Je crois que je préfère encore les galères du statut de free-lance.

— Vous avez bien fait, on n'a pas à souffrir dans son travail. Vous êtes jeune, vous êtes douée, vous réussirez.

Je me tourne vers lui pour l'observer. J'ignorais que Guy pouvait se montrer gentil.

Il me sourit avec sincérité. Je remarque que ses cheveux ont blanchi, que sa peau est un peu plus flasque et qu'il est toujours aussi mal rasé. Il porte encore des tongs malgré l'automne et son jogging n'est pas très propre. Pauvre Guy. Quand il ne dit pas des horreurs, il est presque attendrissant.

— Merci, c'est très gentil à vous, ça me touche beaucoup.

Il se racle la gorge.

— Dites-moi, Charlotte, vous pensez que j'ai mes chances avec Mme Barkatte ?

— Leïla ?

Alors là, c'est embarrassant.

— Écoutez, je vais être honnête avec vous, mais non. Ne le prenez pas mal, dis-je en le voyant pâlir. Je suis sûre que vous allez rencontrer quelqu'un qui vous conviendra. Leïla est... Elle n'est pas disponible.

Je pense brusquement à Thomas. À ce qui peut se passer entre eux et que je préfère ignorer.

— C'est dommage, elle me plaît beaucoup, cette femme, me répond-il. Mais merci pour votre franchise.

— De rien. Et pour ces histoires de croix, sur le mur de la chambre du sixième, vous avez avancé ?

— Non, mais ça m'a fait remonter des souvenirs. C'est vrai que ce calendrier dans une pièce inhabitable, ça m'a troublé. Et ça m'a fait cogiter, vous voyez ?

— Oui, je comprends.

— Du coup, je me suis rappelé : il y avait peut-être un garçon plus grand, dans l'immeuble. Il aurait pu aller s'amuser là-haut en loucedé. Mais je ne sais pas qui c'était et puis il a dû déménager. Au bout d'un moment, je ne l'ai plus vu.

— Personne ne peut vous aider ?

— Mes parents ne sont plus de ce monde et il n'y a plus aucun habitant de l'époque. Mon frère était trop petit pour s'en souvenir. De toute façon, on ne se parle plus. Mais tout ça, ça me perturbe. C'est comme si j'avais un caillou dans ma chaussure, vous voyez ce que je veux dire ? Comme s'il y avait un truc que j'ignorais, qu'on ne m'aurait pas dit.

— Je suis sûre que vous saurez quoi faire. Vous trouverez, Guy.

On reste un moment silencieux.

— Bien, il faut que je vous laisse, dis-je en m'essuyant la bouche et les mains pleines de chantilly, je vais chercher mes enfants à l'école. Tenez-moi au courant de vos découvertes.

Je remonte vers la sortie du parc, près de l'école de Gabriel. Des larmes de libération coulent sur mes joues. J'ai hâte de retrouver mes enfants, de voir mon petit garçon courir vers moi et de sentir sa main attraper la mienne, hâte de m'énerver contre Lou puis de rire de ses blagues. Je me fais une promesse, celle de ne plus rapporter mes angoisses et ma rage à la maison. C'est facile à tenir : dans ma nouvelle vie, elles ne feront plus partie du paysage.

Mon journal

On joue qu'on est dans une île comme Robinson Crusoé. J'ai lu le livre, je l'ai trouvé dans la valise avec les autres. C'était drôlement bien, je me suis senti joyeux et après on a joué à Robinson et Vendredi et on a beaucoup rigolé. Il y a aussi le livre avec Jean ~~Vlajean~~ Valjean, c'est un très gros livre. Ça m'a pris très longtemps à le lire. C'est la couverture qui m'a plu, c'est un gosse sur une barricade. J'ai bien aimé sa tête, je me suis imaginé avec lui, comme un copain, on était dehors dans les rues en train de se battre. Mais surtout il y a l'histoire avec Jean Vlajean. Celle-là, elle m'a fait penser à moi. On a aussi joué à *être Jean Vlajean dans un bagne et on a fait des croix sur le mur pour compter les jours. Jean Vlajean il aurait pu faire ça avec ses copains. Mais ça rend triste de voir les jours, les semaines et après les mois qui passent. Un soir j'ai entendu, c'était la nouvelle année. J'avais très froid, j'ai pris tout ce que j'ai trouvé pour me couvrir. Et ça rigolait partout, on entendait chanter, rire, crier. Moi j'ai pleuré. C'était le jour le plus triste de ma vie. Je sais pas pourquoi parce que tous les jours ils sont tristes en vérité.*

Remerciements

Je remercie chaleureusement Véronique Morante de los Reyes, wedding planner et créatrice de « Dames de cœur », de m'avoir dévoilé tant de choses sur son si beau métier. Merci de m'avoir guidée dans l'organisation des mariages de ce roman !

Merci à Laura, professeure des écoles, grâce à qui j'ai pu imaginer sans me tromper la vie de Gabriel à la maternelle.

Merci à Manuelle, toujours, pour ses conseils de pro en psychologie.

Merci à Ambre, ma talentueuse éditrice, pour son travail tout en finesse.

Un remerciement tout particulier à Georgia, qui veille avec enthousiasme et bienveillance sur ce projet depuis le début. Tu es, encore et toujours, ma bonne fée !

DERNIÈRES PARUTIONS
LES ESCALES SÉRIES

Caroline Kant

L'Immeuble de la rue Cavendish
1. Les Manigances de Margaux
2. Charlotte se cherche

Lynn Messina

Une enquête de Beatrice Hyde-Clare
1. Une insolente curiosité
2. Une scandaleuse supercherie

Pour en savoir plus sur l'actualité des Escales,
vous pouvez consulter notre site Internet
www.lesescales.fr
et nous suivre sur les réseaux sociaux

Editions Les Escales

@LesEscales

@LesEscales

FSC
www.fsc.org
MIXTE
Papier issu de sources responsables
FSC® C003309

L'éditeur de cet ouvrage s'engage dans une démarche de certification FSC® qui contribue à la préservation des forêts pour les générations futures.

Pour en savoir plus :
www.editis.com/engagement-rse/

Achevé d'imprimer par
Normandie Roto Impression s.a.s.
N° d'impression : 2201235
Imprimé en France